MAR DA TRANQUILIDADE

MAR
da
TRANQUILIDADE

Emily St. John Mandel

Tradução de Débora Landsberg

intrínseca

Copyright © 2022 by Emily St. John Mandel, conforme a edição original.
Os direitos morais da autora foram assegurados.

Esta é uma obra de ficção. Nomes, personagens, locais e incidentes são produto da imaginação da autora ou utilizados de maneira fictícia. Qualquer semelhança com pessoas reais, vivas ou mortas, eventos ou locais é mera coincidência.

Algumas frases deste livro apareceram, em formas diferentes, num conto publicado na antologia *Imaginary Oklahoma*, em 2013, num artigo publicado na revista *The New Republic*, em 2014, e num ensaio publicado na revista *Humanities*, em 2016.

TÍTULO ORIGINAL
Sea of Tranquility

COPIDESQUE
Diogo Henriques

REVISÃO
Eduardo Carneiro
Jean Marcel Montassier

ADAPTAÇÃO DE PROJETO GRÁFICO E DIAGRAMAÇÃO
Ilustrarte Design

DESIGN DE CAPA
Lázaro Mendes

IMAGEM DE CAPA
Tereza Mc

CIP-BRASIL. CATALOGAÇÃO NA PUBLICAÇÃO
SINDICATO NACIONAL DOS EDITORES DE LIVROS, RJ

M239m

    Mandel, Emily St. John, 1979-
        Mar da Tranquilidade / Emily St. John Mandel ; tradução Débora Landsberg. - 1. ed. - Rio de Janeiro : Intrínseca, 2025.

        Tradução de: Sea of tranquility
        ISBN 978-85-510-1379-3

    1. Ficção canadense. I. Landsberg, Débora. II. Título.

24-94793
        CDD: 819.13
        CDU: 82-3(71)

Gabriela Faray Ferreira Lopes - Bibliotecária - CRB-7/6643

[2025]
Todos os direitos desta edição reservados à
Editora Intrínseca Ltda.
Av. das Américas, 500, bloco 12, sala 303
22640-904 – Barra da Tijuca
Rio de Janeiro – RJ
Tel./Fax: (21) 3206-7400
www.intrinseca.com.br

Para Cassia e Kevin

Sumário

1. Remessa / 1912 · 9

2. Mirella e Vincent / 2020 · 45

3. Última turnê de lançamento de livro na Terra / 2203 · 73

4. Sementes ruins / 2401 · 109

5. Última turnê de lançamento de livro na Terra / 2203 · 179

6. Mirella e Vincent / arquivo corrompido · 207

7. Remessa / 1918, 1990, 2008 · 225

8. Anomalia · 241

Notas e agradecimentos · 267

1

Remessa

1912

1

Edwin St. John St. Andrew, 18 anos, arrastando o peso de seu nome duplamente santificado pelo Atlântico em um navio a vapor, os olhos semicerrados contra o vento no convés de cima: ele segura a amurada com as mãos enluvadas, impaciente por um vislumbre do desconhecido, tentando discernir alguma coisa — qualquer coisa! — além de mar e céu, mas tudo que vê são tons de cinza infinitos. Ele está a caminho de um mundo diferente. Encontra-se mais ou menos no meio do percurso entre a Inglaterra e o Canadá. *Fui mandado para o exílio*, diz a si mesmo, e sabe que está sendo melodramático, mas que existe um quê de verdade nisso.

Um dos ancestrais de Edwin é Guilherme, o Conquistador. Quando o avô de Edwin falecer, o pai se tornará conde. Além disso, Edwin frequentou duas das melhores escolas do país. Mas ele nunca teve muito futuro na Inglaterra. São pouquíssimas as profissões que um cavalheiro pode seguir, e nenhuma delas é do interesse de Edwin. Como o patrimônio da família está destinado para o irmão mais velho, Gilbert, ele não deve herdar nada. (O irmão do meio, Niall, já está na Austrália.) Edwin poderia ter se aferrado à Inglaterra um pouco mais, porém, secretamente, defende perspectivas radicais que vieram à tona de maneira inesperada durante um jantar, apressando seu destino.

Em um lampejo de otimismo desvairado, Edwin registrou no manifesto do navio a ocupação de "fazendeiro". Mais tarde, em um momento de contemplação no convés, dá-se conta de que nunca sequer tocou numa pá.

2

Em Halifax, ele encontra hospedagem em uma pensão junto ao ancoradouro, onde consegue um quarto de canto no segundo andar com vista para o porto. Acorda nessa primeira manhã com uma cena animadíssima que vê da janela. Um enorme navio mercante chegou, e ele está tão próximo que consegue ouvir as joviais imprecações dos homens que descarregam os barris, sacos e engradados. Edwin passa boa parte desse primeiro dia apenas observando, feito um gato. O plano era ir logo para oeste, mas é muito fácil se demorar em Halifax, onde se torna vítima de uma fraqueza pessoal da qual sempre teve consciência: ele é capaz de ação, mas muito propenso à inércia. Gosta de passar tempo sentado diante da janela. Existe um movimento constante de pessoas e embarcações. Edwin não quer ir embora, por isso fica.

— Ah, acho que estou só tentando descobrir qual vai ser meu próximo passo — diz ele à proprietária, a sra. Donnelly, quando ela lhe faz perguntas num tom gentil.

Ela é de Newfoundland, mas o sotaque o confunde. Soa como se fosse de Bristol e ao mesmo tempo da Irlanda, mas de vez em quando ele ouve um toque da Escócia. Os quartos são limpos e ela é uma excelente cozinheira.

Marinheiros passam sob a janela do quarto em ondas que colidem. É raro que olhem para cima. Edwin gosta de observá-los, mas não ousa fazer nenhum movimento na direção deles. Além disso, eles têm uns aos outros. Quando estão bêbados, passam os braços em torno dos ombros uns dos outros e ele sente uma inveja lancinante.

(Ele poderia virar marinheiro? É claro que não. Descarta a ideia assim que surge. Ouviu uma vez a história de um homem que vivia de remessas da família e se reinventou como marinheiro, mas Edwin é totalmente adepto do ócio.)

Ele adora ver os barcos chegando, os navios a vapor ancorando no porto com a aura europeia ainda grudada no convés.

Dá caminhadas de manhã e de novo à tarde. Vai até o porto, percorre as áreas residenciais sossegadas, entra e sai das lojinhas sob toldos listrados da Barrington Street. Gosta de passear no bonde elétrico, ir até o fim da linha e voltar, observando as casinhas darem lugar aos casarões e depois aos prédios comerciais do centro. Gosta de comprar coisas de que não precisa muito: um filão de pão, um ou outro cartão-postal, um buquê de flores. A vida podia ser assim, ele se vê pensando. Poderia ter essa simplicidade. Sem família, sem emprego, só com alguns poucos prazeres e cobertas limpas nas quais cair no fim do dia, uma mesada regular enviada pela família. Uma vida de solidão pode ser algo muito prazeroso.

Começa a comprar flores ocasionalmente, as quais põe em cima da cômoda, em um vaso barato. Passa muito tempo olhando para elas. Gostaria de ser artista, de desenhá-las e, assim, enxergá-las com mais clareza.

Será que conseguiria aprender a desenhar? Tempo e dinheiro para isso não faltam. É uma ideia tão boa quanto qualquer outra. Pede informações à sra. Donnelly, que procura ajuda de uma amiga, e pouco tempo depois Edwin está no vestíbulo de uma mulher que estudou para ser pintora. Ele passa horas em silêncio, esboçando flores e vasos, aprendendo os fundamentos do sombreado e das proporções. O nome da mulher é Laetitia Russell. Ela usa uma aliança de casamento, mas a localização do marido é incerta. Ela mora numa casa de madeira arrumada com três crianças e a irmã viúva, uma acompanhante discreta que tricota cachecóis intermináveis num canto da sala — e, portanto, pelo resto da vida Edwin associará o desenho aos estalidos das agulhas de tricô.

Ele está morando na pensão há seis meses quando Reginald chega. Reginald, Edwin percebe na hora, não é propenso à inércia. Planeja seguir imediatamente para oeste. É dois anos mais velho que Edwin, também estudou em Eton, é o terceiro filho de um visconde e tem olhos lindos, de um azul-acinzentado profundo. Assim como Edwin, planeja se estabelecer como fazendeiro diletante, mas, ao contrário de Edwin, tomou medidas para alcançar esse objetivo e vem se correspondendo com um homem que deseja vender sua fazenda em Saskatchewan.

— Seis meses — repete Reginald durante o café da manhã, quase incrédulo. Por um instante, ele para de espalhar geleia na torrada, sem saber se escutou direito. — Seis *meses*? Seis meses *aqui*?

— Isso — diz Edwin em tom alegre. — Seis meses muito agradáveis, me permita acrescentar.

Ele tenta cruzar o olhar com o da sra. Donnelly, mas ela está focada em servir o chá. A dona da pensão o acha meio maluco, ele percebe.

— Interessante. — Reginald espalha geleia na torrada. — Não creio que devamos ter esperanças de ser chamados de volta para casa, não é? Para que nos agarrar às margens do Atlântico e permanecer o mais perto possível do rei e da nação?

O comentário o incomoda um pouco, então, na semana seguinte, quando Reginald parte rumo a oeste, Edwin aceita o convite para acompanhá-lo. Existe prazer na ação, conclui ele enquanto o trem deixa a cidade. Os dois reservaram uma passagem de primeira classe em um trem encantador que conta com uma agência dos correios e barbearia a bordo, onde Edwin escreve um cartão-postal para Gilbert e desfruta um corte de cabelo e de barba com toalha quente enquanto olha as florestas e os lagos e as cidadezinhas passarem pelas janelas. Quando o trem para em Ottawa, ele não desembarca, simplesmente permanece a bordo, esboçando as linhas da estação.

As florestas e os lagos e as cidadezinhas dão lugar a campinas. No começo, as pradarias são interessantes, mas logo se tornam tediosas e depois, perturbadoras. São muitas, esse é o problema. A escala é errada. O trem se arrasta feito uma centopeia em um gramado interminável. Ele consegue ver de horizonte a horizonte. Sente-se terrivelmente exposto.

— Isso é que é vida — diz Reginald quando enfim chegam ao destino, parados no limiar da porta da nova casa de fazenda.
A propriedade fica a alguns quilômetros de Prince Albert. É um mar de lama. Reginald a comprou, sem tê-la visto antes, de um inglês consternado de 20 e tantos anos, outro homem que devia viver de remessas da família, desconfia Edwin. O sujeito não tinha nem de longe prosperado ali e já estava voltando para o leste, para um emprego em um escritório de Ottawa. Reginald está tomando muito cuidado para não pensar nesse homem, Edwin nota isso.

Será que uma casa pode ser assombrada pelo fracasso? Assim que cruza a porta da casa de fazenda, Edwin se sente pouco à vontade, por isso faz hora na varandinha da frente. É uma casa bem construída — o dono anterior era uma pessoa de recursos —, mas o lugar é infeliz de uma forma que Edwin é incapaz de explicar.

— Tem... um bocado de céu aqui, não é? — arrisca Edwin.
E muita lama. É de fato uma quantidade espantosa de lama. Ela reluz sob o sol até onde os olhos alcançam.
— Apenas espaços abertos e ar fresco — diz Reginald, olhando para o horizonte, que aterroriza pela falta de traços característicos.
Edwin enxerga outra casa de fazenda, bem longe, turva devido à distância. O céu é de um azul agressivo. Nessa noite, jantam ovos fritos na manteiga, a única coisa que

Reginald sabe cozinhar, e carne de porco salgada. Reginald parece desanimado.

— Imagino que seja um trabalho bastante árduo, cultivar a terra? — comenta ele, passado um tempo. — Fisicamente desgastante.

— Imagino que sim.

Quando se imaginava no Novo Mundo, Edwin sempre se via em sua própria fazenda, uma paisagem verdejante de... bom, alguma plantação indefinida, ordenada, mas também vasta. A verdade, no entanto, é que nunca tinha pensado muito no que o trabalho do cultivo poderia implicar. Cuidar de cavalos, ele supõe. Fazer um pouco de jardinagem. Escavar os campos. Mas e depois? O que fazer com os campos depois de escavá-los? Aliás, escavar para quê?

Ele sente que está cambaleando à beira de um abismo.

— Reginald, meu velho amigo — diz —, o que um camarada precisa fazer para arranjar uma bebida neste lugar?

— Você *colhe* — responde Edwin a si mesmo, no terceiro copo. — É essa a palavra. Você escava os campos, você semeia as coisas nos campos, depois você colhe. — Ele toma um gole da bebida.

— Você colhe o quê? — Reginald fica simpático quando está embriagado, como se nada pudesse ofendê-lo. Está recostado na cadeira, sorrindo para o ar vazio.

— Bom, é só isso, não é? — diz Edwin, e se serve de outro copo.

3

Depois de um mês bebendo, Edwin deixa Reginald na fazenda e continua a viagem rumo a oeste para encontrar um amigo de escola do irmão Niall, Thomas, que entrou no continente pela cidade de Nova York e seguiu logo para oeste. O percurso do trem, que atravessa as Montanhas Rochosas, tira o fôlego de Edwin. Ele encosta a testa na janela feito criança, sem esconder o olhar de perplexidade. A beleza é acachapante. Talvez tenha levado a bebedeira longe demais, lá em Saskatchewan. Será um homem melhor na Colúmbia Britânica, decide. O sol faz os olhos de Edwin doerem.

Depois de todo aquele esplendor selvagem, é um choque esquisito se ver em Victoria, naquelas ruas civilizadas e bonitas. Há ingleses por todos os lados: ele desce do trem e é cercado pelos sotaques da terra natal. Poderia ficar um tempinho ali, reflete.

Edwin encontra Thomas em um hotelzinho bem-arrumado no centro da cidade, no qual Thomas ocupa o melhor quarto, e eles pedem chá com *scones* no restaurante do térreo. Faz uns três ou quatro anos que não se veem, mas Thomas não mudara quase nada. Continua com a pele avermelhada da infância, dando a eterna impressão de que ele acabou de sair de um campo de rúgbi. Está tentando se tornar um membro da comunidade empresarial de Victoria, mas é vago quanto ao tipo de negócio que deseja levar adiante.

— E como vai o seu irmão? — pergunta Thomas, mudando de assunto e se referindo a Niall.

— Está tentando a vida na Austrália — responde Edwin. — Ele me parece bem feliz, a julgar pelas cartas.

— Bem, já está melhor do que muitos de nós — diz Thomas. — Não é pouca coisa, a felicidade. O que ele está fazendo por lá?

— Bebendo o dinheiro da família, creio eu — diz Edwin, numa resposta descortês, mas provavelmente verdadeira.

Estão sentados à mesa que fica ao lado da janela, e o olhar dele vira e mexe se volta para a rua, as vitrines das lojas e, visível a distância, a selva insondável, as árvores escuras que avultam nas margens. Existe algo de ridículo na ideia de que a selva pertence à Grã-Bretanha, mas ele logo afasta o pensamento, pois o faz lembrar de seu último jantar na Inglaterra.

4

O último jantar começou muito tranquilo, mas os problemas logo apareceram quando a conversa se voltou, como sempre, para o esplendor inimaginável do Raj. Os pais de Edwin tinham nascido na Índia, eram filhos do Raj, crianças inglesas criadas por babás indianas — "Se eu ouvir mais uma palavra sobre a maldita aia da mamãe...", balbuciara vez Gilbert, um dos irmãos de Edwin, sem chegar a concluir o pensamento — e educadas com histórias de uma Grã-Bretanha nunca vista, a qual, Edwin suspeitava, causara decepção quando puseram os olhos nela pela primeira vez, aos 20 e poucos anos. ("Mais chuva do que eu esperava", era a única coisa que o pai de Edwin falava sobre o assunto.)

Havia uma outra família nesse último jantar, os Barrett, de perfil semelhante: John Barrett fora comandante da Marinha Real Britânica, e Clara, a esposa, também passara os primeiros anos de vida na Índia. O filho mais velho, Andrew, também estava presente. Os Barrett sabiam que a Índia Britânica era um assunto inevitável em qualquer noite passada com a mãe de Edwin, e, como amigos de longa data, entendiam que, depois que Abigail colocava para fora tudo que tinha para falar sobre o Raj, a conversa podia seguir em frente.

— Sabiam que volta e meia me pego pensando na beleza da Índia Britânica? — comentara a mãe dele. — As cores eram extraordinárias.

— Mas o calor era *sufocante* — dissera o pai de Edwin. — Se tem algo de que não sinto saudade desde que viemos para cá, é disso.

— Ah, eu nunca achei *tão* sufocante assim. — Abigail tinha aquele olhar distante que Edwin e os irmãos diziam ser sua expressão da Índia Britânica, quando ela adquiria uma nebulosidade que indicava que já não estava mais com eles: estava andando de elefante ou caminhando por um jardim verdejante de flores tropicais, ou a maldita aia estava lhe servindo sanduíches de pepino ou coisa que o valha.

— Os nativos também não achavam — comentou Gilbert em tom brando —, mas imagino que aquele clima não seja para todos.

O que inspirou Edwin a falar nesse instante? Ele se viu remoendo a questão anos depois, na guerra, em meio ao horror terminal e ao tédio das trincheiras. Às vezes você só sabe que vai atirar uma granada depois de já ter puxado o pino.

— Há evidências de que eles se sentem mais sufocados pelos britânicos do que pelo calor — disse Edwin.

Olhou de relance para o pai, mas ele parecia ter petrificado, a taça a meio caminho entre a mesa e os lábios.

— Querido — disse Abigail —, o que está querendo dizer?

— Eles não nos querem lá — afirmou Edwin. Olhou ao redor e viu todos os rostos pasmados, em silêncio. — Não existe muita ambiguidade nisso, infelizmente. — Ele escutou, com espanto, a própria voz, como se ela viesse de certa distância.

Gilbert estava de queixo caído.

— Rapaz — disse o pai —, não levamos nada além de civilização àquele povo...

— E, mesmo assim, é impossível não reparar — declarou Edwin — que, no cômputo geral, eles parecem preferir a deles. Quero dizer, a civilização deles mesmos. Eles ficaram muito bem sem a gente por um bom tempo, não foi? Por alguns milhares de anos, não foi? — A sensação era a de estar amarrado ao teto de um trem desgovernado! Na verdade, ele sabia muito pouco sobre a Índia, mas se lembrava de ter ficado em choque ao ouvir, quando menino, relatos da rebelião de 1857. — Existe *algum lugar* onde nos queiram? — ouviu-se perguntar. — Por que presumimos que esses lugares distantes são nossos?

— Porque nós os *conquistamos*, Eddie — disse Gilbert após um breve silêncio. — É de se supor que talvez a alegria dos nativos da Inglaterra não tenha sido unânime com a chegada do nosso tataravô de 22º grau, mas, bom, a história pertence aos vencedores.

— Guilherme, o Conquistador, existiu mil anos atrás, Bert. Deveríamos nos esforçar para ser um pouco mais civilizados do que o neto maníaco de um invasor viking.

Edwin se calou nesse momento. Todos à mesa o fitavam.

— "O neto maníaco de um invasor viking" — repetiu baixinho Gilbert.

— De toda forma, creio que deveríamos agradecer por sermos uma nação cristã — declarou Edwin. — *Imaginem* o banho de sangue nas colônias se não fôssemos.

— Você é ateu, Edwin? — indagou Andrew Barrett, com um interesse genuíno.

— Não sei direito o que sou — respondeu Edwin.

O silêncio que veio em seguida foi provavelmente o mais torturante da vida de Edwin, mas então o pai começou a falar, bem baixinho. Quando estava furioso, o truque dele era iniciar os sermões com uma frase pela metade, para chamar a atenção dos presentes.

— Todas as vantagens que você já teve na vida — disse o pai. Todos olharam para ele. Então recomeçou, como lhe era característico, falando só um pouco mais alto e com uma calma letal: — Todas as vantagens que você já teve na vida, Edwin, foram decorrentes, de uma forma ou de outra, do fato de descender, como você mesmo declarou com muita eloquência, do *neto maníaco de um invasor viking*.

— É claro — disse Edwin. — Poderia ser bem pior. — Ele ergueu a taça. — A Guilherme, o Ilegítimo.

Gilbert riu de nervoso. Ninguém mais fez qualquer barulho.

— Eu lhes peço perdão — disse o pai de Edwin aos convidados. — Seria cabível uma pessoa confundir meu filho caçula com um homem-feito, mas ao que parece ele ainda é uma criança. Vá para o seu quarto, Edwin. Já basta para uma noite.

Edwin se levantou da mesa com imensa formalidade e disse:

— Boa noite a todos.

Em seguida, foi à cozinha pedir que lhe levassem um sanduíche no quarto, pois o prato principal ainda não tinha sido servido, e se retirou para aguardar sua sentença. Ela chegou antes da meia-noite, com uma batida na porta.

— Pode entrar — disse.

Ele estava parado junto à janela, observando com impaciência os movimentos de uma árvore ao vento.

Gilbert entrou, fechou a porta e se esparramou na poltrona antiga e manchada que era um dos pertences mais queridos de Edwin.

— Que bela atuação, Eddie.

— Não sei o que me passou pela cabeça — comentou Edwin. — Aliás, não, não é verdade. Sei, sim. Tenho absoluta certeza de que nem um pensamento sequer passou pela minha cabeça. Foi um vazio.

— Você está se sentindo mal?

— De jeito nenhum. Nunca estive tão bem.

— Deve ter sido muito emocionante — disse Gilbert.

— Para ser sincero, foi. Não me arrependo.

Gilbert sorriu.

— Você vai para o Canadá — informou ele com delicadeza. — O papai está tomando as providências.

— Essa sempre foi a ideia — disse Edwin. — É um plano para o ano que vem.

— Agora você vai um pouco antes.

— Antes quanto, Bert?

— Semana que vem.

Edwin assentiu. Ficou com um pouco de vertigem. A atmosfera do quarto havia sofrido uma mudança súbita. Ele partiria para um mundo incompreensível, e o quarto já começava a fazer parte do passado.

— Bom — começou Edwin, passado um instante —, pelo menos não vou estar no mesmo continente que Niall.

— Lá vem você de novo — disse Gilbert. — Agora vai falar qualquer coisa que lhe passar pela cabeça?

— Eu recomendo.

— Nem todo mundo pode ser tão despreocupado, sabia? Algumas pessoas têm responsabilidades.

— Ou seja, um título e um patrimônio a herdar — retrucou Edwin. — Que destino terrível. Vou chorar por você mais tarde. Vou receber uma remessa igual à do Niall?

— Um pouco mais. A do Niall é só para sustentá-lo. A sua será com condições.

— Diga.

— Você tem que passar um tempo longe da Inglaterra — explicou Gilbert.

— Exílio — concluiu Edwin.

— Ah, deixe de ser melodramático. Você ia mesmo para o Canadá, como disse.

— Mas quanto tempo é "um tempo"? — Edwin tirou os olhos da janela para fitar o irmão. — Eu tinha pensado em passar um tempo no Canadá, me estabelecer por lá de alguma forma e depois voltar com certa regularidade, em visitas. O que o papai disse exatamente?

— Infelizmente, a frase que ficou na minha cabeça é: "Diga a ele para ficar bem longe da Inglaterra."

— Bom, é uma fala bastante… inequívoca.

— Você sabe como é o papai. E é claro que a mamãe está concordando. — Gilbert se levantou e ficou um instante parado junto à porta. — Dê um tempo a eles, Eddie. Eu ficaria espantado se seu exílio fosse permanente. Vou dar um jeito nisso.

5

O problema de Victoria, aos olhos de Edwin, é se parecer demais com a Inglaterra sem ser a Inglaterra. É uma simulação remota, uma aquarela sobreposta à paisagem de modo nada convincente. Na segunda noite de Edwin na cidade, Thomas o leva ao Union Club. É divertido a princípio, uma injeção de familiaridade, horas agradáveis transcorrendo despercebidas na companhia de outros rapazes da terra natal e um uísque *single malt* genuinamente excepcional. Alguns dos homens mais velhos estão em Victoria há décadas, e Thomas busca a companhia deles. Fica por perto, pede suas opiniões, escuta com atenção o que dizem, os bajula. É constrangedor de se ver. É nítido que Thomas está querendo se estabelecer como um homem sóbrio, do tipo que alguém desejaria ter como sócio, mas para Edwin é óbvio que os homens mais velhos estão apenas sendo gentis. Não têm interesse em forasteiros, mesmo que sejam forasteiros do país certo, com os ancestrais certos e o sotaque certo, que frequentaram a escola certa. É uma sociedade fechada que só aceita Thomas nas margens. Quanto tempo ele terá que ficar ali, circulando dentro daquele clube, até que o aceitem? Cinco anos? Dez? Um milênio?

Edwin dá as costas para Thomas e vai até a janela. Estão no terceiro andar, com vista para o porto, e a última luz se dissipa no céu. Edwin está irrequieto e desconfortável. Atrás dele, homens narram triunfos esportivos e viagens monótonas em navios a vapor com destino a Quebec, Halifax e Nova York.

— Você acredita — diz um homem que acabou de chegar por este último porto — que a coitada da minha mãe achava que Nova York ainda fazia parte da Comunidade Britânica?

O tempo passa e a noite cai sobre o porto. Edwin se reúne com os outros homens.

— Mas a triste verdade — comenta um deles, mergulhado nas profundezas de uma conversa sobre a importância de fazer o estilo aventureiro — é que não temos futuro nenhum lá na Inglaterra, não é?

Um silêncio reflexivo se abate sobre o grupo. Esses homens são os segundos filhos, todos eles. São mal preparados para uma vida de trabalho e não vão herdar nada. Muito surpreso consigo mesmo, Edwin ergue a taça.

— Ao exílio. — Ele brinda antes de beber.

Há murmúrios de reprovação.

— Eu jamais chamaria isso de *exílio* — diz alguém.

— À construção de um novo futuro, cavalheiros, em uma terra nova e distante — diz Thomas, sempre diplomático.

Mais tarde, Thomas encontra Edwin parado diante da janela.

— Sabe — diz ele —, talvez eu tenha ouvido uma coisinha ou outra sobre um jantar, mas não sei se estava acreditando até agora.

— Receio que os Barrett sejam mexeriqueiros incorrigíveis.

— Acho que já não aguento mais este lugar — confessa Thomas. — Achei que poderia tentar a sorte aqui, mas, se é para ir embora da Inglaterra, é uma boa ideia ir embora da Inglaterra de verdade. — Ele se vira para Edwin. — Andei pensando em seguir para o norte.

— Até que altura do norte? — Edwin é acometido pela visão preocupante de iglus na tundra congelada.

— Eu não iria muito longe. Só entraria um pouco na ilha de Vancouver.

— Você tem alguma perspectiva por lá?

— De concreto, a madeireira do tio de um amigo — declara Thomas. — Mas, em abstrato, a selva. Não é para isso que estamos aqui? Para deixar uma marca na natureza selvagem?

E se alguém desejasse desaparecer na natureza selvagem? Uma ideia esquisita que lhe passou pela cabeça uma semana depois, enquanto estava em um barco singrando para o norte pela costa acidentada a oeste da ilha de Vancouver. Uma paisagem de florestas e praias pontudas, com montanhas despontando por trás. Em seguida, de repente, as pedras rachadas dão lugar a uma praia de areia branca, a mais extensa que Edwin já viu. Ele vê vilarejos no litoral, fumaça subindo, colunas de madeira com asas e rostos pintados — totens, ele se lembra agora — erguidas aqui e ali. Não as entende e por isso as considera ameaçadoras. Depois de bastante tempo, a areia branca dá lugar a penhascos rochosos e a outras enseadas estreitas. Vez ou outra, ele avista uma canoa ao longe. E se alguém se dissolvesse na selva feito sal na água? Ele quer ir para casa. Pela primeira vez, Edwin começa a desconfiar da própria sanidade.

* * *

Os passageiros do barco: três chineses indo trabalhar na fábrica de conservas, uma moça muito tensa de origem norueguesa que está indo reencontrar o marido, Thomas e Edwin, o capitão e dois tripulantes canadenses, todos acompanhados de barris e sacos de provisões. Os chineses falam e riem na própria língua. A norueguesa permanece na cabine, a não ser na hora das refeições, e nunca sorri. O capitão e os tripulantes são cordiais, mas não têm interesse em conversar com Thomas e Edwin, portanto os dois passam boa parte do tempo juntos no convés.

— O que aqueles camaradas profundamente indolentes de Victoria não entendem — diz Thomas — é que toda esta ilha está aqui para ser tomada. — Edwin olha para ele e vê o futuro: como foi rejeitado pela comunidade empresarial de Victoria, Thomas vai passar o resto da vida ralhando contra eles. — Estão abrigados naquela cidade bem inglesa deles, e, escuta, eu entendo a atração, mas nós temos uma oportunidade aqui. Podemos criar nosso próprio mundo neste lugar.

Ele continua com uma lenga-lenga sobre império e oportunidades enquanto Edwin olha fixamente para a água. As enseadas e angras e ilhotas estão a estibordo, e logo depois surge a imensidão da ilha de Vancouver, com florestas escalando as montanhas, cujos picos se perdem em meio a nuvens baixas. No lado esquerdo do barco, onde estão os dois, o oceano se estende ininterrupto até a costa do Japão, segundo os cálculos de Edwin. Ele tem o mesmo sentimento apreensivo de superexposição que teve nas campinas. É um alívio quando o barco enfim faz uma curva vagarosa à direita e começa a se aproximar de uma enseada.

* * *

Eles chegam ao povoado de Caiette ao cair da noite. Não há muita coisa ali: um píer, uma igrejinha branca, sete ou oito casas, uma estrada rudimentar que leva à fábrica de conservas e o acampamento da madeireira. Edwin fica parado junto ao píer com o baú de viagem ao lado, confuso. O lugar é precário, é a única palavra para defini-lo. É o esboço mais simples das civilizações, espremido entre a floresta e o mar. Não é o lugar certo para ele.

— Aquele prédio grande lá em cima é uma pensão — informa o capitão a Edwin em tom gentil. — Se quiser ficar um tempo por aqui, tente se orientar.

É perturbador se dar conta de que está obviamente perdido. Thomas e Edwin sobem a colina juntos rumo à pensão e alugam quartos no último andar. Pela manhã, Thomas parte para o acampamento da madeireira e Edwin mergulha naquela mesma inércia que o dominou em Halifax. Não é exatamente indiferença. Faz um inventário meticuloso de seus pensamentos e conclui que não está infeliz. Só deseja não fazer mais nenhum movimento por enquanto. Se existe prazer na ação, existe paz na quietude. Ele passa os dias caminhando pela praia, desenhando, contemplando o mar da entrada da pensão, lendo, jogando xadrez com outros hóspedes. Depois de uma ou duas semanas, Thomas desiste de tentar convencê-lo a ir ao acampamento da madeireira.

Edwin está abismado com a beleza do lugar. Gosta de se sentar na praia e ficar observando as ilhas, os ramos das árvores que surgem da água. Canoas passam de vez em quando, cumprindo tarefas misteriosas, e homens e mulheres nos barcos ora o ignoram, ora o encaram. Barcos maiores aparecem em intervalos regulares, trazendo homens e provisões para a fábrica de conservas e o acampamento. Alguns sabem jogar xadrez, e esse é um dos maiores prazeres de Edwin. Ele nunca foi bom no xadrez, mas gosta da sensação de ordem que há no jogo.

— O que você está fazendo aqui? — perguntam-lhe às vezes.

— Ah, acho que estou só tentando descobrir qual vai ser meu próximo passo — responde ele sempre, ou algo similar.

Tem a impressão de estar à espera de alguma coisa. Mas o quê?

6

Em uma manhã ensolarada de setembro, ele está dando uma caminhada e se depara com duas mulheres indígenas rindo na praia. Irmãs? Grandes amigas? Elas falam em uma língua acelerada que não se parece com coisa alguma que Edwin já tenha escutado na vida, uma língua pontuada por sons que ele não se imagina capaz de reproduzir, que dirá transcrever no alfabeto romano. O cabelo das duas é comprido e preto, e, quando uma delas vira a cabeça, a luz se reflete no par de enormes brincos de conchas. As mulheres estão enroladas em lençóis para se proteger do vento frio.

Elas se calam e o observam enquanto Edwin se aproxima.

— Bom dia — diz ele, e toca na aba do chapéu.

— Bom dia — responde uma delas.

O sotaque tem uma cadência linda. Os brincos contêm todas as cores do céu ao alvorecer. A outra mulher, cujo rosto é marcado por cicatrizes de varíola, olha para ele sem dizer nada. Não é uma atitude incompatível com a experiência de Edwin no Canadá — no mínimo, ele reflete, seria o maior choque de sua vida se, depois de meio ano no Novo Mundo, de repente se percebesse capaz de cativar os locais —, porém o desinteresse cabal no olhar da mulher é enervante. Este é o momento, ele se dá conta, em que poderia expressar as opiniões que tinha sobre a colonização para aqueles do outro lado da equação, por assim dizer, mas não consegue pensar em nada que não soe absurdo naquelas circunstâncias. Se lhes disser que acredita que a colonização é abominável, é claro que a pergunta seguinte há de ser "Então o que você está fazendo aqui?". Por isso ele não fala mais nada, até que elas já ficaram para trás e o momento passou.

Edwin continua andando, e então, a certa distância, ainda sentindo os olhos delas às suas costas e desejando passar a impressão de que tem alguma tarefa importante para realizar, ele se vira em direção à muralha de árvores. Edwin nunca entra na floresta porque tem medo de ursos e pumas, mas agora ela ostenta um encanto esquisito. Ele vai dar uma centena de passos adentro, decide, e nada mais. Contar os passos talvez o acalme — isso sempre o acalmou —, e, se andar os cem passos em linha reta, é claro que não vai se perder. Perder-se é a morte, isso ele entende. Não, aquele lugar como um todo é a morte. Não, isso é injusto: o lugar não é a morte, o lugar é a indiferença. Totalmente neutro na questão de Edwin viver ou morrer; não se importa com o sobrenome dele ou a escola em que estudou, nem sequer o notou. Ele se sente um tanto perturbado.

7

Os portões da floresta. A expressão imediatamente lhe vem à cabeça, mas Edwin não tem certeza de onde a ouviu. Parece ter saído de um livro que leu quando criança. As árvores ali são antigas e enormes. É como entrar em uma catedral, só que o matagal é tão denso que ele precisa se esforçar para atravessá-lo. Edwin se detém depois de dar alguns passos. Vê um bordo logo adiante, grandioso a ponto de ter criado sua própria clareira, e esse lhe parece um destino agradável — vai caminhar até o bordo, decide, vai entrar no matagal e ficar ali um instante, depois vai voltar para a praia e nunca mais entrar na floresta. É uma aventura, diz a si mesmo, mas não lhe parece uma aventura. De modo geral, ele tem a impressão de que o rosto está sendo estapeado por galhos de arbustos.

Edwin se esforça para chegar ao bordo. O lugar está calmo, e de repente ele tem certeza de estar sendo observado. Vira-se, e ali — tão incoerente quanto uma aparição — está um padre, a menos de dez metros de distância. É mais velho do que Edwin, deve ter uns 30 e poucos anos, e tem cabelo preto curtinho.

— Bom dia — diz Edwin.

— Bom dia — responde o padre —, e me perdoe, não quis lhe dar um susto. Gosto de andar por aqui de vez em quando.

Há algo no sotaque dele que desconcerta Edwin: não é exatamente britânico, mas tampouco é outra coisa. Ele se pergunta se o homem é de Newfoundland, assim como a proprietária da pensão de Halifax.

— Parece ser um lugar sossegado — comenta Edwin.

— Bastante. Não vou atrapalhar suas contemplações, eu já estava voltando para a igreja. Quem sabe você não passa lá mais tarde?

— A igreja em Caiette? Mas você não é o padre que está sempre lá — diz Edwin.

— Sou o padre Roberts. Estou substituindo o padre Pike.

— Edwin St. Andrew. Prazer em conhecê-lo.

— Igualmente. Tenha um bom dia.

O padre parece não ter mais prática do que Edwin em caminhar pelo matagal. Ele vai passando pelas árvores aos esbarrões, e poucos minutos depois Edwin está sozinho outra vez, olhando para cima, para os galhos. Ele dá um passo em direção...

8

... a um lampejo de escuridão, como uma cegueira súbita ou um eclipse. Edwin tem a impressão de estar no interior de algo vasto, que parece uma estação de trem ou uma catedral, e há notas musicais tocadas em um violino, pessoas em volta, e então um som incompreensível...

9

Quando recobra os sentidos, ele está na praia, ajoelhado sobre os rochedos, vomitando. Tem uma vaga lembrança de ter se esforçado para sair da floresta em um pânico cego, um pesadelo de sombras e verdes borrados, galhos batendo no rosto. Ele se levanta, trêmulo, e vai até a beira da água. Entra até a água bater nos joelhos — o impacto do frio é maravilhoso, é o que vai restaurar sua sanidade — e se ajoelha para limpar o vômito do rosto e da camiseta, em seguida uma onda o derruba; assim, quando se levanta, está engasgado com a água do mar e totalmente encharcado.

Agora está sozinho na praia, mas vê movimento entre os prédios de Caiette, a meia distância. O padre desaparecendo na igreja branca da colina.

10

Quando Edwin chega à igreja, a porta está entreaberta e o espaço, vazio. A porta atrás do altar também está aberta, e através dela ele vê algumas lápides no sossego verdejante do minúsculo cemitério. Senta-se na última fileira de bancos, fecha os olhos e repousa a cabeça nas mãos. O edifício é tão novo que a igreja ainda cheira a madeira recém-cortada.

— Você caiu no mar?

A voz é delicada, o sotaque permanece indecifrável. O padre novo — Roberts, ele se lembra — está na ponta do banco.

— Me ajoelhei na água. Para limpar o vômito do rosto.

— Está passando mal?

— Não. Eu... — Agora lhe parece uma bobagem, e meio surreal. — Eu achei que tinha visto uma coisa na floresta. Depois de ver o senhor. Ouvido alguma coisa. Não sei. Me pareceu... sobrenatural.

Os detalhes já lhe escapam. Ele entrou na floresta e depois o quê? Ele se recorda de uma escuridão; notas musicais;

um som que não conseguiu identificar; tudo em um piscar de olhos. Será que aconteceu de verdade?

— Posso me sentar com você?

— Claro.

O padre se acomoda ao lado dele.

— Você se sentiria melhor se desabafasse?

— Não sou católico.

— Estou aqui para servir a qualquer um que entre por essa porta.

Mas os detalhes já estão se esvaindo. No momento em que aconteceu, o episódio estranho na floresta foi profundamente desestabilizante, mas agora Edwin se vê pensando em uma manhã péssima que teve na escola. Tinha 9 anos, talvez 10, e se deu conta de que não conseguia ler as palavras que estavam diante dos olhos dele, pois as letras se retorciam, se tornavam incoerentes, e manchas nadavam em sua visão. Ele se levantou da carteira e pediu para ver a supervisora, quando desmaiou. Desmaiar era escuridão, mas também som: murmúrios e gorjeios como um coro de passarinhos, um vazio branco logo seguido pela impressão de estar aconchegado em casa, na cama — uma autoilusão da parte do subconsciente, ao que se supõe —, e então ele acordou em um silêncio profundo. O som voltou aos poucos, como se alguém tivesse girado o dial do rádio, o silêncio se dissipando no clamor e no vozerio, as exclamações dos outros meninos e os passos ligeiros da professora se aproximando — "Levante-se, St. Andrew, chega de se fingir de doente". Será que o acontecido há pouco na floresta tinha sido tão diferente assim? Havia sons, ele raciocina, e escuridão, assim como na primeira vez. Talvez tivesse apenas desmaiado.

— Imaginei ter visto uma coisa — diz Edwin lentamente —, mas, ao falar isso agora, percebo que talvez não tenha visto nada.

— Se você viu — diz Roberts com amabilidade —, não foi o primeiro.

— O que o senhor quer dizer com isso?

— É que eu ouvi histórias — esclarece o padre. — Quer dizer, a gente ouve histórias.

Edwin tem a sensação de que a emenda desajeitada é uma camuflagem, que Roberts está mudando o jeito de falar para soar mais inglês. Mais parecido com Edwin. Existe algo errado com ele, mas Edwin não sabe dizer exatamente o quê.

— Se me permite a pergunta, padre, de onde o senhor é?

— De longe — responde o padre. — Muito longe.

— Bem, isso vale para todos nós, não é? — diz Edwin com uma pontinha de irritação. — A não ser pelos nativos, é claro. Quando nos encontramos na floresta, agora há pouco, o senhor disse que estava substituindo o padre Pike, não foi?

— A irmã dele está doente. Ele partiu ontem à noite.

Edwin assente, mas algo nessa afirmação lhe soa completamente falso.

— Que estranho eu não ter ouvido falar de nenhum barco zarpando ontem à noite.

— Tenho uma confissão a fazer — diz Roberts.

— Sou todo ouvidos.

— Quando vi você na floresta, e falei que estava voltando para a igreja, bom, eu me virei só por um instante, quando estava me afastando...

Edwin olha fixamente para ele.

— O que foi que o senhor viu?

— Vi você andando debaixo de um bordo. Você estava olhando para cima, para os galhos da árvore, e então... bem, tive a impressão de que você viu alguma coisa que eu não consegui enxergar. Havia alguma coisa?

— Eu vi... Bom, eu *imaginei* ter visto...

Mas Roberts o observa com um olhar intenso demais, e no silêncio da igreja de um só ambiente, na beiradinha do mundo ocidental, Edwin está estranhamente assustado. Ainda se sente meio mal — a cabeça lateja de dor —, e seu cansaço é imenso. Não quer mais conversar. Só quer se deitar. A presença de Roberts ali não faz sentido para ele.

— Se o padre Pike foi embora ontem à noite — diz Edwin —, deve ter ido nadando.

— Mas ele foi embora — afirma Roberts. — Posso lhe garantir.

— O senhor entende como este lugar tem fome de notícias, padre, sejam elas quais forem? Moro em uma pensão. Se um barco tivesse partido ontem à noite, eu ficaria sabendo no café da manhã. — O pensamento mais óbvio lhe ocorre em seguida: — Por falar em coisas das quais eu ficaria sabendo, como foi que o senhor veio para cá? Não chegou barco nenhum nos últimos dois dias, então devo supor que o senhor atravessou a floresta?

— Bem — diz Roberts —, não entendo qual é a relevância do meu meio de transporte...

Edwin se levanta, o que obriga Roberts a se levantar também. O padre recua até o corredor e Edwin passa ao lado dele.

— Edwin — chama Roberts, mas Edwin já está na porta.

Outro padre se aproxima, sobe os degraus que levam da estrada à igreja: o padre Pike, voltando de uma visita à fábrica de conservas ou ao acampamento da madeireira, a massa de cabelos grisalhos quase reluzente ao sol.

Edwin olha para trás e vê a igreja vazia, a porta dos fundos ainda aberta. Roberts fugiu.

2

Mirella e Vincent

2020

1

— Quero mostrar a vocês uma coisa estranha. — O compositor, famoso apenas em um nicho extremamente limitado, de tal maneira que corria zero risco de ser reconhecido na rua, embora a maior parte das pessoas de algumas poucas subculturas artísticas soubesse o nome dele, estava visivelmente desconfortável, suando, enquanto se aproximava do microfone. — Minha irmã gravava vídeos. Este é um vídeo que achei no depósito, depois que ela morreu, e tem uma espécie de falha que não sei como explicar. — Ele se calou por um instante, ajustando o botão do teclado. — Compus uma música de acompanhamento, mas, logo antes da falha, a música vai parar para que possamos apreciar a beleza da imperfeição técnica.

A música começou primeiro, um crescendo onírico de cordas, insinuações de estática logo abaixo da superfície, e depois o vídeo: a irmã tinha entrado com a câmera na trilha indistinta de uma floresta e caminhava em direção a uma árvore de bordo antigo. Ela parou debaixo dos galhos e apontou a câmera para cima, para as folhas verdes que brilhavam ao sol, na brisa, e a música foi interrompida de forma tão abrupta que o silêncio pareceu ser o compasso seguinte. O ritmo depois disso era escuridão: a tela ficou preta por um segundo apenas, e houve uma breve confusão de sons sobrepostos — algumas notas de violino, uma cacofonia indistinta, como se fosse o interior de uma estação metropolitana de trem, um tipo estranho de *ushhh* que sugeria pressão hidráulica —, e então, em um piscar de olhos, o momento passou, a árvore estava de volta e havia imagens caóticas à medida que a irmã do compositor, ao que tudo indicava, olhava ao redor num frenesi, esquecendo-se de que estava com a câmera na mão.

A música do compositor foi retomada, o vídeo dando lugar de forma orgânica a uma de suas obras mais recentes, que apresentava um vídeo gravado por ele mesmo, cinco ou seis minutos de uma esquina extremamente feia em Toronto, mas com cordas de orquestra se empenhando para dar uma ideia de beleza oculta. O compositor trabalhava com agilidade, tocando sequências de notas nos teclados que emergiam um compasso depois da melodia do violino, construindo camadas de música enquanto a esquina de Toronto piscava na tela acima da cabeça dele.

Na primeira fila da plateia, Mirella Kessler chorava. Tinha sido amiga da irmã do compositor, Vincent, e não sabia que ela havia falecido. Saiu do teatro pouco depois e passou um tempo na antessala do banheiro feminino, tentando se recompor. Inspirou profundamente, retocou a maquiagem.

— Se acalma — disse ela em voz alta para o reflexo no espelho. — Se acalma.

* * *

Tinha ido ao concerto na expectativa de falar com o compositor, a fim de descobrir o paradeiro de Vincent. Gostaria de fazer algumas perguntas. Porque, em uma versão de sua vida tão distante que agora parecia um conto de fadas, ela havia tido um marido, Faisal, e eles eram amigos de Vincent e do marido dela, Jonathan. Foram alguns anos magníficos, anos de viagens e dinheiro, e então as luzes se apagaram. O fundo de investimento de Jonathan se revelara um esquema de Ponzi. Faisal, incapaz de viver após a ruína financeira, acabou se suicidando.

Mirella nunca mais falou com Vincent depois disso, porque como era possível que Vincent não soubesse? Mas uma década depois da morte de Faisal estava em um restaurante com Louisa, sua namorada havia um ano, quando o primeiro calafrio de dúvida se instalou.

Elas estavam jantando em um lugar de massas orientais em Chelsea e Louisa contava sobre o cartão de aniversário inesperado que recebera da tia Jacquie, que Mirella nunca tinha conhecido porque metade da família de Louisa vivia brigando.

— Jacquie é meio que terrível — disse Louisa —, mas não acho que seja mal-intencionada.

— Por quê? O que houve com ela?

— Nunca te contei essa história? É épica. O marido dela tinha uma família secreta.

— É sério? Que novela.

— Calma, que ainda fica melhor. — Louisa se aproximou mais para arrematar: — Ele instalou a segunda família *do outro lado da rua*.

— O quê?

— Pois é, inacreditável — disse Louisa. — Imagina a cena. Um cara que trabalhava num fundo de investimento, que tinha um apartamento na Park Avenue, uma esposa que não trabalhava fora e dois filhos estudando em escola particular. O suprassumo do Upper East Side. Então, um dia, a tia Jacquie dá uma olhada na fatura do cartão de crédito e vê a cobrança da mensalidade de uma escola particular onde nenhum dos dois filhos deles estudavam. Aí ela mostrou a fatura para o tio Mike, tipo, "Que cobrança maluca é essa?", e parece que ele quase infartou.

— Conta mais.

— Acontece que os meus primos, na época, estavam um no oitavo e o outro no nono ano, por aí, mas acabou que o tio Mike também era pai de uma criança que estava no jardim de infância e morava do outro lado da rua. E ele pôs a mensalidade da criança de 5 anos no cartão de crédito errado.

— Espera aí, era *literalmente* do outro lado da rua?

— Era, os prédios ficavam de frente um para o outro. Os porteiros deviam saber havia anos.

— Como é possível que ela não soubesse? — indagou Mirella, e de uma hora para outra o passado a tragou e ela se viu, na verdade, falando de Vincent.

— Homem que trabalha muito pode esconder qualquer coisa — declarou Louisa. Ela continuava falando da tia e não tinha reparado que Mirella estava em outro lugar. — A sua sorte é que eu não trabalho.

— Sorte a minha — ecoou Mirella antes de beijar a mão de Louisa. — Que história doida.

— O que mais me espanta nisso tudo é o fato de os prédios ficarem de frente um para o outro — disse Louisa. — É um negócio *descarado*.

— Não sei se era muita preguiça ou muita eficiência. — Mirella fingia ainda estar ali no restaurante com Louisa, comendo a massa, mas estava longe.

Vincent havia jurado, em mensagens de voz deletadas e em um depoimento, não saber dos crimes do marido.

— Mirella. — A mão de Louisa pousou suavemente no punho da namorada. — Está me ouvindo?

Mirella suspirou e apoiou o *hashi* no prato.

— Eu já te contei sobre a minha amiga Vincent?

— A mulher do cara do esquema de Ponzi?

— É. Essa história da sua tia me fez pensar nela. Eu contei que a vi uma vez, depois da morte do Faisal?

Louisa arregalou os olhos.

— Não.

— Foi pouco tempo depois da morte dele, então devia ser março ou abril de 2010. Fui a um bar com alguns amigos e a Vincent era a bartender.

— Meu Deus. E o que foi que você disse a ela?

— Nada — respondeu Mirella.

A princípio, não a reconheceu. Na época em que tinha dinheiro, Vincent usava o cabelo comprido ondulado que nem todas as esposas de homens ricos, mas no bar o cabelo dela estava curtinho e ela estava de óculos e sem maquiagem. Naquele momento, o disfarce parecera um desagravo a Mirella — *é* claro *que você está tentando se esconder, sua monstra* —, mas agora certa ambiguidade havia surgido: uma explicação alternativa razoável para o cabelo curto/óculos/falta de maquiagem era que a qualquer instante um dos investidores enganados por Jonathan poderia entrar ali. Naquela época, Manhattan estava infestada de investidores ludibriados.

— Eu fingi que não a conhecia — conta ela para Louisa. — Como vingança, acho. Não foi um dos meus melhores momentos. Ela sempre jurou que não sabia no que o marido andava metido, mas eu pensava: *É claro que você sabia. Como não saberia? Você sabia e deixou o Faisal perder tudo, e agora ele está morto.* Na época, eu só conseguia pensar nisso.

Louisa assentiu.

— Seria lógico que ela soubesse.

— Mas e se não soubesse?

— Isso seria plausível?

— Eu achava que não. Mas agora que você me contou a história da coitada da sua tia Jacquie... Bom, se dá para esconder uma criança de 5 anos, sem dúvida dá para esconder um esquema de Ponzi.

Louisa segurou a mão de Mirella por cima da mesa.

— Você deveria falar com ela.

— Não faço a menor ideia de onde encontrá-la.

— Estamos em 2019 — disse Louisa. — Ninguém é invisível.

Mas Vincent era. Na época, Mirella estava trabalhando como recepcionista de um showroom de azulejos sofisticados perto da Union Square. Era o tipo de lugar que não precisava de muitos clientes, pois, quando alguém gastava dinheiro ali, eram sempre dezenas de milhares de dólares. Na manhã seguinte ao jantar com Louisa, distraída atrás da mesa da recepção, que tinha o tamanho de um carro, Mirella procurou por Vincent na internet. Tentou primeiro o sobrenome do marido de Vincent. Ao buscar por "Vincent Alkaitis", encontrou velhas fotos da alta sociedade, algumas com a presença de Mirella — festas, solenidades etc. —, e também páginas que mostravam Vincent durante a leitura da sentença do marido, inexpressiva, em um terninho cinza. E mais nada. As imagens mais recentes eram de 2011. "Vincent Smith" exibia dezenas de pessoas diferentes, em geral homens, e nada da Vincent que ela procurava. Não conseguiu encontrá-la nem nas redes sociais nem em qualquer outro lugar.

Ela se recostou na cadeira, frustrada. No alto, acima da mesa, uma luz zumbia. Mirella usava muita maquiagem no trabalho, e, quando estava cansada, à tarde, às vezes sentia o rosto pesado. Na campina de azulejos brancos que era o salão da loja, uma única representante de vendas mostrava a um cliente todas as cores concebíveis do material compósito característico da empresa, que parecia pedra, mas não era.

Os pais de Vincent haviam morrido muitos anos atrás, mas ela tinha um irmão. Para desencavar o nome dele, Mirella precisava mergulhar fundo na memória, um lugar que tentava evitar. Olhou de relance para a porta, a fim de se assegurar de que nenhum cliente estava chegando, fechou os olhos, respirou fundo duas vezes e digitou "Paul Smith + compositor" no Google.

Foi assim que, quatro meses depois, ela se viu na Brooklyn Academy of Music esperando por Paul James Smith junto à porta dos fundos do edifício. Torcera para que ele soubesse lhe dizer como achar Vincent. Mas Vincent estava morta, ao que parecia, o que significava que a conversa seria bem diferente. A porta dos fundos da Brooklyn Academy of Music ficava em uma rua residencial sossegada. Enquanto aguardava, Mirella andava de um lado para outro, sem ir muito longe, só alguns metros numa direção e na outra. Era fim de janeiro, mas fazia um calor atípico para a época. Só uma outra pessoa aguardava junto com ela: um homem mais ou menos da mesma idade, entre os 30 e os 40 anos, usando jeans e um blazer desinteressante. As roupas eram largas demais. Ele assentiu para ela, ela assentiu de volta, e eles estabeleceram uma espera embaraçosa. Passou-se um tempo. Alguns funcionários saíram sem olhar para eles.

Então o irmão de Vincent enfim saiu, a aparência um pouco emaciada — embora, para falar a verdade, ninguém parecesse muito saudável sob a luz alaranjada dos postes que havia ali.

— Paul... — chamou Mirella.

No mesmo instante, o outro homem disse:

— Com licença...

Ele e Mirella trocaram olhares constrangidos e se calaram, Paul olhando de um para o outro. Um terceiro homem se aproximava às pressas, um sujeito pálido de chapéu de feltro e sobretudo.

— Olá — disse Paul em tom genérico, para todos eles.

— Olá! — respondeu o recém-chegado. Tirou o chapéu, revelando a cabeça quase calva. — Daniel McConaghy. Grande fã. Show sensacional.

Paul ganhou uns centímetros de altura e alguns watts de radiância ao dar um passo à frente para apertar a mão do sujeito.

— Bem, obrigado — disse ele —, é sempre bom conhecer um fã. — Então olhou com expectativa para Mirella e para o tipo de roupas largas.

— Gaspery Roberts — apresentou-se o homem das roupas largas. — Foi um show maravilhoso.

— Espero que você não se ofenda — disse o homem de chapéu —, eu não acho que suas mãos estejam sujas nem nada disso. É que estou viciado em álcool gel desde que esse negócio de Wuhan ganhou os noticiários. — Ele esfregava as mãos com um sorriso sem graça.

— Fômites não são um significativo fator de transmissão da covid-19 — declarou Gaspery. *Fômites? Covid-19?* Mirella nunca tinha ouvido nenhum desses termos, e os outros dois também franziram a testa. — Ah, entendi — disse Gaspery, parecendo falar consigo mesmo —, ainda é janeiro. — Ele recuperou o foco. — Paul, será que posso te pagar uma bebida e fazer umas perguntinhas rápidas sobre o seu trabalho? — Ele tinha um leve sotaque que Mirella não atinava de onde era.

— Acho uma ótima ideia — concordou Paul. — Eu adoraria tomar alguma coisa. — Ele se virou para Mirella.

— Mirella Kessler — apresentou-se ela. — Eu era amiga da sua irmã.

— Vincent — falou ele baixinho. Ela não conseguiu decifrar a expressão dele. Havia ali tristeza, mas também um lampejo de algo furtivo. Por um instante, todos ficaram calados. — Ei — disse ele com um entusiasmo forçado —, vamos *todos* beber alguma coisa?

Eles acabaram em um pequeno restaurante francês a alguns quarteirões de distância, de frente para uma praça que, do ângulo privilegiado de Mirella, parecia uma colina mal contida por um muro de retenção alto, feito de tijolos. Como ela não conhecia nada do Brooklyn, tudo ali era misterioso. Não tinha pontos de referência, apenas uma vaga noção de que, se desse um passo para fora do restaurante, as torres de Manhattan estariam em algum lugar à esquerda de onde ela estava. O choque inicial da notícia da morte de Vincent havia se dissipado um pouco, substituído por uma exaustão sem fim. Estava sentada ao lado do cara de chapéu de feltro, de cujo nome havia se esquecido, e de frente para Gaspery, acomodado ao lado de Paul. O chapéu não parava de falar da genialidade de Paul, de suas influências óbvias, sua dívida artística para com Warhol etc.; ele amava o trabalho de Paul desde o começo: aquela colaboração experimental inovadora com o videoartista — qual era mesmo o nome dele? — no Miami Basel, o salto que tinha sido quando Paul de repente passara a usar os próprios vídeos em vez de colaborar com outros, e assim por diante. Paul estava radiante. Adorava ser elogiado, mas quem não gosta? Mirella estava de frente para a janela, o olhar sempre se desviando para a praça, para além do ombro de Gaspery. Se houvesse um terremoto e o muro de contenção se rompesse, a praça se derramaria sobre a rua e soterraria o restaurante? Ela voltou a prestar atenção à mesa quando ouviu o nome de Vincent.

— Então foi a sua irmã, Vincent, quem filmou aquele vídeo estranho da sua apresentação de hoje? — Quem perguntou foi Gaspery, o nome inesquecível porque Mirella nunca o ouvira antes.

Paul riu.

— E que vídeo meu *não* é estranho? — disse. — Dei uma entrevista no ano passado a um cara que não parava de me chamar de *sui generis*, e a certa altura eu já estava, tipo, "Cara, pode falar *estranho. Esquisito, bizarro* ou *excêntrico*, pode escolher". A entrevista correu muito melhor depois disso, te garanto. — Ele riu alto da própria historinha, assim como o chapéu.

Gaspery sorriu.

— Eu estava me referindo ao vídeo da trilha na floresta — insistiu ele. — Da escuridão, dos sons estranhos.

— Ah. É. Foi a Vincent. Ela disse que eu podia usar.

— Ele foi gravado perto de onde vocês passaram a infância? — perguntou Gaspery.

— Estou vendo que você fez uma pesquisa — disse Paul, em tom de aprovação.

Gaspery inclinou a cabeça.

— Você é da Colúmbia Britânica, não é?

— Sim. Sou de um lugar pequenininho chamado Caiette, no norte da ilha de Vancouver.

— Ah, perto da Prince Edward Island — decretou o chapéu, confiante.

— Mas na verdade não fui criado lá — explicou Paul, dando a impressão de não ter escutado o comentário. — Vincent cresceu lá. Tínhamos o mesmo pai, mas mães diferentes, então eu só ia para lá no verão e em Natais alternados. Mas foi lá que o vídeo foi filmado, sim.

— Aquele... aquele momento no vídeo... — disse Gaspery. — Aquela anomalia, na falta de uma palavra melhor. Você já viu alguma coisa parecida pessoalmente?

— Só depois de tomar LSD — respondeu Paul.

— Ah — disse o chapéu, de repente animado —, eu não sabia que sua obra tinha influências psicodélicas. — Ele se inclinou para a frente como quem conta um segredo. — Eu mergulhei fundo nos psicodélicos. Depois que você começa a tomar doses extremas, passa a ter certas percepções sobre o mundo. Boa parte dele é uma ilusão, né?

Gaspery lançou um olhar preocupado para o homem. Mirella o observava à espera de uma oportunidade para perguntar sobre Vincent. Gaspery era estranho de uma forma que ela não conseguia decifrar muito bem.

— E então, depois que você se dá conta *disso* — continuou o chapéu —, tudo se encaixa, né? Um amigo meu estava com muita dificuldade de largar o cigarro. O cara deve ter tentado umas seis ou sete vezes. Nada. Não conseguia. Então, um dia, tomou LSD e *pluft*. Ele me ligou na noite seguinte e disse: "Dan, é um milagre, eu *não quis* fumar hoje." Eu vou te contar, foi...

— O que aconteceu com ela? — perguntou Mirella a Paul.

Sabia que estava sendo rude, mas não se importava, estava ali sentada, envelhecendo minuto a minuto, mergulhando no luto, e queria saber o que tinha acontecido com a amiga para poder deixar aquelas pessoas para trás.

Paul a olhou e pestanejou, como se tivesse esquecido que ela estava ali.

— Ela caiu de um navio — respondeu. — Faz cerca de um ano e meio... Não, faz dois anos. Completou dois anos no mês passado.

— Que tipo de navio? Um cruzeiro?

O chapéu olhava fixamente para a própria bebida, mas Gaspery ouvia a conversa com enorme interesse.

— Não, ela estava... Eu não sei até que ponto você sabe do que aconteceu com ela em Nova York — disse Paul —, aquela história maluca do marido, de que no fim das contas ele era um trapaceiro...

— Meu marido investiu no esquema dele — contou Mirella. — Eu sei de tudo.

— Caramba — disse Paul. — Ele...

— Espera aí — interferiu o chapéu —, estamos falando do Jonathan Alkaitis?

— Isso — confirmou Paul. — Você conhece essa história?

— Aquele crime foi *insano* — disse o chapéu. — Qual foi o tamanho da fraude, 20 bilhões de dólares? Trinta? Eu me lembro de onde estava quando a notícia saiu. Recebi um telefonema da minha mãe, porque a poupança que meu pai tinha feito para a aposentadoria...

— Você estava me contando do navio. — Mirella cortou o homem.

Paul pestanejou.

— Isso. É.

— Você gosta mesmo de interromper as pessoas, hein? — disse o chapéu, dirigindo-se a Mirella. — Não me leve a mal.

— Ninguém está falando com você — retrucou Mirella. — Fiz uma pergunta ao Paul.

— É, então, eu passei uns anos sem contato com a Vincent — disse Paul —, mas depois que o Alkaitis a abandonou e fugiu do país, acho que ela fez uns cursos e treinamentos e foi trabalhar embarcada, como cozinheira de um navio cargueiro.

— Ah — soltou Mirella. — Uau.

— Parece uma vida interessante, né?

— O que aconteceu com ela?

— Ninguém sabe direito — explicou Paul. — Ela simplesmente desapareceu do navio. Parece ter sido um acidente. Não acharam o corpo.

Mirella só soube que ia chorar ao sentir as lágrimas escorrendo pelo rosto. Ficou nítido o desconforto dos homens à mesa. Só Gaspery pensou em lhe passar um guardanapo.

— Ela se afogou — concluiu Mirella.

— É. Quer dizer, é o que parece. O navio estava a centenas de quilômetros da terra firme. Ela desapareceu em um dia de tempo ruim.

— O maior medo dela era se afogar. — Mirella secou o rosto com o guardanapo. No silêncio, os ruídos do restaurante se avolumaram ao redor: um casal discutindo baixinho em francês em uma mesa vizinha, a algazarra da cozinha, a porta do banheiro se fechando.

— Bem — disse Mirella —, obrigada por ter me contado. E obrigada pela bebida.

Ela não sabia quem ia pagar o drinque, mas sabia que não seria ela. Levantou-se e saiu do restaurante sem olhar para trás.

Do lado de fora, se sentiu desnorteada. Tinha consciência de que deveria pedir um Uber e ir para casa, simplesmente ir para casa e dormir e não fazer nenhuma idiotice como sair para caminhar após o anoitecer em um bairro desconhecido, mas Vincent estava morta. Acharia algum lugar onde pudesse se sentar por alguns minutos, decidiu, só para pôr os pensamentos em ordem. O bairro lhe parecia bem sossegado e não estava tão tarde assim, e ela também não tinha medo de nada, então atravessou a rua e entrou na praça.

A praça estava tranquila, mas nem de longe vazia. As pessoas se movimentavam através de poças de luz, casais com os braços nos ombros um do outro e grupinhos de amigos, uma mulher cantando sozinha. Sentiu a ameaça no ar, mas não dirigida a ela. Como era possível que Vincent estivesse morta? Tudo naquela história era impossível. Mirella conseguiu achar um banco e pôs o fone de ouvido para poder fingir que não estava escutando caso alguém falasse com ela, escolheu se tornar invisível. Passaria um tempo sentada ali, ficaria sentada ali e pensaria em Vincent, ou ficaria sentada ali até conseguir encontrar uma forma de parar de pensar em Vincent, e então iria para casa dormir. Mas seus pensamentos se voltaram para Jonathan, o ex-marido de Vincent, vivendo em um hotel de luxo em Dubai. A ideia de que ele estava lá, onde quer que estivesse, pedindo serviço de quarto e mandando que trocassem a roupa de cama e nadando na piscina do hotel — *enquanto Vincent estava morta* —, era abominável.

Um homem passou na frente dela e se sentou no banco. Ela se virou e viu que era Gaspery, por isso tirou o fone.

— Perdão — disse ele —, vi você entrando na praça, e a vizinhança não é ruim, mas...

Ele não concluiu, porque era desnecessário. Quando se trata de uma mulher sozinha em uma praça depois do anoitecer, toda vizinhança é ruim.

— Quem é você? — perguntou Mirella.

— Sou uma espécie de investigador — respondeu Gaspery. — Você me acharia louco se eu entrasse em detalhes.

Havia algo de familiar nele, percebeu ela, algo no perfil dele trazia à tona uma lembrança distante. Mas Mirella não conseguia reconhecê-lo.

— O que você está investigando?

— Escuta, vou ser franco com você, não tenho interesse nenhum no sr. Smith e na arte dele — declarou Gaspery.

— Somos dois.

— Mas tenho interesse em... bom, em certos tipos de anomalia, como aquele momento do vídeo em que a tela fica preta. Eu esperei por ele na saída do show para perguntar sobre isso.

— É um momento estranho.

— Se me permite perguntar, sua amiga alguma vez mencionou esse momento? Afinal, o vídeo era dela.

— Não — respondeu Mirella —, não que eu me lembre.

— É compreensível — disse Gaspery. — Ela devia ser muito novinha quando gravou. As coisas que a gente vê quando é jovem, às vezes elas não ficam na memória.

As coisas que a gente vê quando é jovem.

— Eu acho que já te vi antes — disse Mirella. Ela olhava para o rosto dele de perfil à luz fraca. Ele se virou e ela teve certeza. — Em Ohio.

— Sua cara é de quem viu um fantasma.

Ela se levantou do banco.

— Você estava debaixo do elevado — concluiu ela. — Em Ohio, quando eu era criança. Era você, não era?

Ele franziu a testa.

— Acho que você está me confundindo com outra pessoa.

— Não, eu acho que era você. Você estava debaixo do elevado. Pouco antes de a polícia chegar, antes de você ser preso. Você disse o meu nome.

Mas a confusão dele parecia genuína.

— Mirella, eu...

— Preciso ir.

Ela fugiu, não exatamente correndo, mas andando no estilo ligeiro que tinha aperfeiçoado ao longo dos anos em Nova York, saindo em disparada da praça e voltando para a rua, onde pôde ver que, na radiância de aquário do restaurante francês, o chapéu e o irmão de Vincent continuavam absortos na conversa. Gaspery não a havia seguido. Mirella ficou contente por ele estar usando uma camiseta branca: só faltava brilhar no escuro. Ela mergulhou nas sombras de uma rua residencial. Passou por casarões com fachada de arenito, lindos à luz dos postes, portões de ferro, árvores antigas; cada vez mais rápido, em direção às luzes claras de uma avenida comercial mais adiante, onde um táxi amarelo passava pelo cruzamento como se fosse uma carruagem, como se fosse um milagre — um táxi amarelo no Brooklyn! —, e ela fez sinal e entrou no carro. Um instante depois, o táxi acelerava na Brooklyn Bridge, Mirella chorando baixinho no banco de trás. O motorista a olhou pelo retrovisor, mas — ah, a benevolência de estranhos naquela cidade agitada! — não falou nada.

2

Quando criança, Mirella morava com a mãe e a irmã mais velha, Susanna, em uma casa para duas famílias em uma área semirrural de Ohio. O conjunto habitacional ficava em uma zona composta de centros comerciais pequenos e lojas imensas. As terras cultivadas se estendiam até os fundos do estacionamento do Walmart. A alguns quilômetros dali ficava um presídio. A mãe de Mirella tinha dois empregos e passava muito pouco tempo em casa. De manhã cedo — no inverno, bem antes do amanhecer —, ela se levantava, depois de poucas horas de sono, despejava leite no cereal das filhas, penteava o cabelo das duas enquanto tomava café com os olhos embaçados e as levava para a escola. Dava um beijo nelas e as meninas passavam as dez horas seguintes no colégio — entravam mais cedo, depois tinham aulas, em seguida a programação pós-escola —, até que no fim do dia elas pegavam um ônibus que as deixava a oitocentos metros de casa.

Eram oitocentos metros pavorosos. Tinham que passar debaixo de um elevado. O tal elevado dava medo em Mirella, mas, durante todo o tempo em que vivera ali, desde os 5 anos até enfim largar a escola e pegar um ônibus para Nova York aos 16, houve apenas um único incidente terrível no local. Mirella tinha 9 anos, o que queria dizer que Susanna estava com 11, e elas haviam acabado de descer do ônibus escolar quando ouviram tiros embora os barulhos só tenham ficado claros em retrospecto. Naquele instante, elas se olharam no crepúsculo de inverno e Susanna encolheu os ombros.

— Deve ser só o escapamento de um carro, ou algo assim — disse ela.

Mirella, que acreditaria em qualquer coisa que Susanna dissesse, pegou a mão da irmã e elas caminharam juntas. Nevava. A boca do elevado era uma caverna escura esperando para engoli-las. *Está tudo bem*, disse Mirella a si mesma, *está tudo bem, tudo bem*, porque tudo estava sempre bem, mas dessa vez em particular não estava. Quando pisaram no breu, um barulho soou outra vez, agora em um volume insuportável. Elas pararam.

Dois homens jaziam no chão alguns metros à frente. Um estava imóvel e o outro se contorcia. À meia-luz, àquela distância, ela não conseguia saber exatamente o que tinha acontecido com eles. Um terceiro homem estava sentado com as costas na parede, uma arma frouxa na mão. Um quarto estava fugindo — os passos dele ecoavam —, mas Mirella olhou para esse homem só por um instante, enquanto ele se esforçava para escalar um dique do outro lado do elevado e sumir.

Durante bastante tempo, todos eles — Mirella, Susanna, o homem com a arma e os dois homens no chão, mortos ou agonizantes — ficaram congelados no quadro invernal. Quanto tempo? Parecia ter sido uma eternidade. Horas, dias. O homem com a arma tinha um olhar sonolento, sedado: a cabeça dele pendeu para a frente uma ou duas vezes. Então surgiram as luzes da polícia, eles foram banhados pelo azul e pelo vermelho, e isso pareceu despertá-lo. Ele fitou a arma na mão, como se não soubesse direito como tinha chegado ali, virou a cabeça e olhou direto para as meninas.

— Mirella — disse ele.

Então vieram os gritos e a confusão, um enxame de uniformes pretos — "Solta a arma! Solta a arma!" —, e, embora o episódio tivesse realmente acontecido, ela e Susanna tivessem sido interrogadas pela polícia e uma matéria tivesse de fato saído nos jornais do dia seguinte ("Dois baleados sob elevado: suspeito sob custódia"), não fora difícil Mirella se convencer de que tinha imaginado a última parte, de que o homem não tinha falado o nome dela. Como era possível que ele soubesse? Susanna não se lembrava de ter ouvido nada.

Depois de todos aqueles anos, porém, no banco de trás de um táxi a caminho de Manhattan, havia uma certeza da qual Mirella não conseguia se livrar: o homem do túnel era Gaspery Roberts.

Ela fechou os olhos, tentando relaxar, mas o telefone vibrou na mão. Uma mensagem da namorada: *Você vem para a festa da Jess?*

Mirella precisou de um instante para se lembrar. Respondeu à mensagem — *A caminho* — e acenou para chamar a atenção do motorista pelo retrovisor.

— Perdão.

— Senhora? — disse ele com certa cautela, porque ela tinha acabado de chorar.

— Posso dar um novo endereço ao senhor? Tenho que ir para o SoHo.

3

Ela precisou atravessar a festa inteira até achar Louisa fumando um cigarro no terraço, que na verdade era apenas um pedacinho de telhado asfaltado. Deu um beijo na namorada e se sentou ao lado dela, sem jeito, em um banco estreito de pedra.

— Como você está? — perguntou Louisa.

Elas moravam separadas, mas passavam muito tempo juntas.

— Nada mal — respondeu Mirella, pois não queria tocar no assunto. A facilidade de mentir para Louisa era perturbadora. Sabia que era injusto comparar as pessoas, todo mundo sabe disso, mas naquele momento se deparou com uma dificuldade: Louisa lhe parecia infinitamente menos interessante do que Vincent. Tinha um jeito meio intacto, ares de quem havia sido protegida dos gumes mais afiados da vida, o que agora lhe parecia menos atraente do que já fora um dia. — Estou meio cansada — disse Mirella. — Não dormi muito bem.

— Por quê?

— Sei lá, uma daquelas noites ruins sem motivo aparente.

Outra dificuldade da noite: aquela era a festa de Jess, e Jess era amiga de Mirella, não de Louisa. Na vida antiga de Mirella, sua vida de outrora, em que tudo era diferente, ela estaria no terraço com Faisal. Agora, assim como antes, o espaço estava enfeitado com luzinhas e vasos com palmeiras, mas ainda parecia, de certo modo, o fundo de um buraco. Essa era a desvantagem de ainda ter alguns amigos da época com Faisal: havia lugares perigosos aqui e ali, lugares onde podia ser sugada pelas lembranças de uma outra vida, e aquele terraço era um deles. Em outra noite, em outra festa — catorze anos atrás? Treze? —, ela e Vincent tinham estado ali, um pouco embriagadas, fitando um trechinho de céu escuro porque Vincent jurava ter visto a Estrela Polar.

— Está bem ali — dissera Vincent. — Olha só, acompanha o meu dedo. Não é muito luminosa.

— É um satélite — rebatera Mirella.

— O *que* é um satélite? — indagara Faisal, aparecendo na varanda.

Eles tinham chegado separados, e essa era a primeira vez que Mirella o via naquele dia. Ela o beijara, e não tinha lhe escapado o olhar que Vincent lançara na direção dos dois antes de virar o rosto para o céu. Uma diferença entre Mirella e Vincent era que Mirella amava o marido de verdade.

— Ali — dissera Mirella, apontando. — Está se mexendo, não está?

Faisal semicerrou os olhos.

— Vou ter que acreditar na sua palavra — declarara ele. — Acho que estou precisando trocar de óculos. — Ele então olhou ao redor, para aquele espaço apertado, o braço em torno da cintura dela. — Uau — disse —, que lugar sensacional para um incêndio boho.

Era verdade. Prédios se erguiam por todos os lados. Três paredes eram compartilhadas com outros edifícios e a quarta continha a porta que levava à festa. Tantos anos depois, sentada ali com Louisa, Mirella fechou os olhos por um instante para não ver Faisal observando o céu.

— O que você fez hoje? — perguntou Louisa.

Houve um tempo em que Mirella gostava das perguntas de Louisa — que dádiva, ela já pensara, estar com uma pessoa tão *interessada*, interessada em tudo que ela havia feito durante o dia, uma pessoa que se importava a ponto de perguntar —, mas naquela noite pareciam uma intrusão.

— Fui dar uma caminhada. Lavei roupa. Passei boa parte do dia no Instagram. — Parando para pensar, ela percebeu que Gaspery Roberts não podia ser o homem debaixo do elevado, porque aquilo tinha acontecido décadas atrás, e ele não havia envelhecido.

— E foi bom?

— Claro que não — respondeu Mirella, um pouco mais ríspida do que gostaria, e Louisa a olhou com uma expressão de surpresa.

— A gente devia viajar — disse Louisa. — Quem sabe alugar um chalé, passar uns dias fora da cidade.

— Parece uma boa ideia.

Mas Mirella se assustou com a enxurrada de infelicidade que a invadiu diante da mera sugestão. Entendeu que não queria de jeito nenhum ir para um chalé com Louisa.

— Mas, primeiro — disse Louisa —, preciso de mais um drinque.

Ela entrou e Mirella passou um tempo a sós, então uma mulher se aproximou para pedir fogo e se ofereceu para retribuir o gesto lendo a sorte de Mirella. Ela esticou as mãos conforme as instruções da mulher, as palmas para cima, constrangida pelo quanto tremiam. Como era possível que tivesse se desapaixonado por Louisa tão de repente, de forma inequívoca? Como era possível que o homem do túnel de Ohio tivesse ressurgido tantos anos depois em Nova York? Como era possível que Vincent estivesse morta? A quiromante pôs as mãos em cima das mãos de Mirella, as palmas quase se tocando, e fechou os olhos. Mirella gostou de poder olhá-la sem ser observada. A vidente era mais velha do que ela imaginara a princípio, estava na faixa dos 30 anos, as primeiras rugas visíveis no rosto. Usava um arranjo elaborado de lenços.

— De onde você é? — perguntou ela.

— Ohio.

— Não, estou falando de onde você nasceu.

— Continua sendo Ohio.

— Ah. Achei ter ouvido um sotaque.

— O sotaque também é de Ohio.

Os olhos da quiromante ainda estavam fechados.

— Você tem um segredo — afirmou a mulher.

— Todo mundo tem, não é?

Os olhos da mulher se abriram.

— Você me conta o seu que eu te conto o meu, e nunca mais voltaremos a nos ver — disse ela.

Era uma proposta simpática.

— Combinado — aceitou Mirella. — Mas você fala primeiro.

— Meu segredo é que eu odeio as pessoas — disse a mulher, com muita sinceridade, e pela primeira vez Mirella gostou dela.

— Todas as pessoas?

— Todas menos umas três — disse ela. — Sua vez.

— Meu segredo é que eu quero matar um homem. — Era verdade? Mirella não tinha certeza, mas havia um quê de verdade.

Os olhos da quiromante examinaram o rosto de Mirella, como se a mulher tentasse avaliar se aquilo era uma piada.

— Um homem específico? — questionou, abrindo um sorriso hesitante. *Você está brincando, né? Por favor, diz que você está brincando.*

Mas Mirella não retribuiu o sorriso.

— É — confirmou Mirella. — Um homem específico.

A ideia se tornou real no instante em que ela disse isso.

— E como ele se chama?

— Jonathan Alkaitis. — Quando tinha sido a última vez que pronunciara esse nome em voz alta? Ela o repetiu para si mesma, dessa vez baixinho. — Na verdade, talvez eu só queira conversar com ele. Não sei.

— É uma diferença enorme — disse a quiromante.

— É. — Mirella fechou os olhos para evitar a escuridão do céu, o tumulto da festa que acontecia logo ali, o fedor da fumaça de cigarro, o rosto da vidente. — Acho que vou ter que me decidir.

— Está certo — disse a mulher. — Bom, obrigada pelo fogo.

Ela se afastou de Mirella e desapareceu na festa, cruzando uma porta aberta que era como um portal para um mundo perdido. Era uma noite fria e a lua brilhava sobre Nova York. Mirella ficou parada, olhando para a lua, e enfim voltou para a festa, que lhe pareceu um sonho que havia tido certa vez, todo cores abstratas e comoção e luzes. Louisa dançava na sala de estar. Mirella ficou observando-a por um instante, depois atravessou o aglomerado de pessoas.

— Estou com dor de cabeça — disse. — Acho que vou embora.

Louisa lhe deu um beijo, e Mirella soube que tinha acabado. Não sentiu nada.

— Me liga — pediu Louisa.

— *Adieu* — disse Mirella ao recuar na multidão, e Louisa, que não sabia nada de francês e não entendia o que a palavra sugeria, lhe soprou um beijo.

3

Última turnê de lançamento de livro na Terra

2203

A primeira parada da turnê de lançamento foi em Nova York, onde Olive fez sessões de autógrafos em duas livrarias e depois conseguiu uma hora para caminhar no Central Park antes do jantar com os livreiros. O Sheep Meadow ao anoitecer: luz prateada, folhas molhadas na grama. O céu estava repleto de dirigíveis em baixa altitude, e ao longe as luzes das aeronaves que atendiam àqueles que iam e voltavam do trabalho para casa formavam riscas ascendentes na direção das colônias, como estrelas cadentes. Olive parou por um instante a fim de se orientar, depois seguiu na direção da antiga silhueta dupla do Dakota. Torres de centenas de andares se erguiam atrás do edifício.

Era no Dakota que a nova relações-públicas de Olive, Aretta, encarregada de todos os eventos na República Atlântica, a aguardava. Aretta era um pouco mais nova que Olive e cerimoniosa a ponto de deixá-la nervosa. Quando Olive entrou no saguão, Aretta se levantou imediatamente, e o holograma com o qual vinha falando desapareceu.

— Seu passeio no parque foi bom? — perguntou ela sorrindo, na expectativa de uma resposta positiva.

— Foi ótimo, obrigada — disse Olive.

Não acrescentou *me fez desejar poder viver na Terra*, porque, da última vez que confiara em uma agente, o comentário fora reproduzido no jantar: "Vocês sabem o que a Olive me disse a caminho daqui?", tinha dito uma bibliotecária de Montreal, ofegante, a uma mesa de restaurante cheia de bibliotecários à espera. "Ela me contou que estava um pouco tensa antes da palestra!" Agora, portanto, via de regra, Olive jamais revelava nada minimamente pessoal a quem quer que fosse.

— Bem — disse Aretta —, é melhor irmos logo para o local do evento. Fica a uns seis ou sete quarteirões daqui, então que tal se a gente...?

— Eu adoraria ir a pé, caso você não se importe.

E então elas saíram juntas pela cidade prateada.

Olive realmente desejava poder morar na Terra? Não estava muito certa disso. Tinha passado a vida inteira nos cento e cinquenta quilômetros quadrados da segunda colônia lunar, que recebera o criativo nome de Colônia Dois. Ela a considerava linda — a Colônia Dois era uma cidade de pedras brancas, torres afiladas, ruas arborizadas e pracinhas, bairros alternados de prédios altos e casas com gramados minúsculos, um rio que passava debaixo de arcadas para pedestres —, mas cidades não planejadas também tinham sua graça. A Colônia Dois era reconfortante pela simetria e ordem. Às vezes a ordem pode ser implacável.

Na fila de autógrafos aquela noite, após a palestra em Manhattan, um jovem se ajoelhou ao lado da mesa para ficar mais ou menos na altura dos olhos de Olive e disse:

— Tenho um livro para você autografar. — A voz dele tremia um pouco. — Mas o que eu queria mesmo dizer é que seu trabalho me ajudou em um momento muito difícil que tive no ano passado. Muito obrigado.

— Ah — disse Olive. — Eu que agradeço. Fico honrada. — Mas nessas horas a palavra "honrada" sempre lhe parecia imprópria, até errada, o que a levava a se sentir uma fraude, como uma atriz interpretando o papel de Olive Llewellyn.

— Todo mundo se sente uma fraude de vez em quando — disse o pai no dia seguinte durante o trajeto entre o terminal de dirigíveis de Denver e a cidadezinha onde ele vivia com a mãe de Olive.

— É, eu sei — assentiu Olive. — Não estou querendo dizer que isso é um problema de verdade. — No entendimento dela da própria vida, ela não tinha nenhum problema de verdade.

— Entendi. — O pai sorriu. — Imagino que sua vida ande meio confusa.

— Talvez um pouquinho. — Olive tinha 48 horas para ver os pais antes que a turnê do livro fosse retomada. Eles estavam passando por uma zona de cultivo agrícola, onde enormes robôs se movimentavam devagarinho nas plantações. O sol ali era mais pungente do que em casa. — Eu sou grata por tudo — disse. — Seja confuso ou não.

— É. Mas deve ser difícil ficar longe da Sylvie e do Dion.

Agora eles estavam nos arredores da cidadezinha onde os pais dela moravam, passando por um bairro de oficinas de fundição nas quais os robôs eram consertados.

— Tento não pensar nisso — admitiu Olive.

O cinza das oficinas aos poucos dava lugar a casas e lojinhas de cores claras. O relógio da praça central reluzia ao sol.

— A distância fica insuportável se você se permite ficar pensando nisso. — O olhar do pai estava fixo na estrada aérea. — Chegamos — anunciou ele.

Dobravam a esquina da rua, e ali, pertinho, estava a mãe de Olive, na entrada da casa. Olive saltou do aerobarco assim que o veículo parou e correu para os braços dela. *Se a distância é insuportável, então por que vocês moram tão longe de mim?* Ela não perguntou isso, nem naquele momento nem nos dois dias que passou com os pais.

Não dava para dizer que a casa dos pais de Olive era a casa de sua infância — a casa onde tinha sido criada fora vendida algumas semanas depois que ela foi embora para cursar a faculdade, quando os pais decidiram se aposentar na Terra —, mas havia paz ali.

— Foi tão bom te ver — sussurrou a mãe quando ela estava de partida. Abraçou Olive só por um instante e acariciou seu cabelo. — Promete que volta logo?

Um aerobarco esperava em frente à casa, o motorista contratado por uma das editoras de Olive na América do Norte. Ela tinha um evento em uma livraria de Colorado Springs naquela noite, seguido por um voo de manhã cedinho para um festival em Deseret.

— Da próxima vez eu trago a Sylvie e o Dion — afirmou Olive, e voltou à turnê.

Um paradoxo da turnê de lançamento do livro: Olive estava desesperada de saudade do marido e da filha, mas ao mesmo tempo gostava muito de estar sozinha nas ruas desertas de Salt Lake City às oito e meia da manhã de um sábado, no ar fresco de outono, os passarinhos rodopiando na luz branca.

Olhar para um céu azul e saber não se tratar de uma redoma tem sua graça.

Na República do Texas, na tarde seguinte, ela quis mais uma vez dar uma caminhada, pois, segundo o mapa, ao sair do hotel — um La Quinta que ficava de frente para outro La Quinta, um estacionamento entre os dois — bastava atravessar a rua para chegar a um bando de restaurantes e lojas. O que o mapa não mostrava, no entanto, era que a rua era uma via expressa de oito pistas sem faixa de pedestre e com tráfego constante, em geral de aerobarcos modernos, mas também de algumas desafiadoras picapes retrô com rodas. Assim, ela caminhou à margem da via expressa por algum tempo, vendo as lojas e os restaurantes brilhando feito uma miragem do outro lado. Não havia como atravessar sem arriscar a vida, portanto não o fez. Quando voltou para o hotel, sentiu alguma coisa arranhar os tornozelos, e ao olhar para baixo viu carrapichos miúdos nas meias, estrelas preto-amarronzadas espantosamente afiadas, como armas em miniatura que precisava extrair com bastante cuidado. Ela os colocou em cima da mesa e os fotografou de todos os ângulos. Eram de uma dureza e de um brilho tão perfeitos que poderiam passar por artefatos biotecnológicos, mas, ao analisar um deles, viu que era real. Não, "real" não era a palavra certa. Tudo que pode ser tocado é real. O que ela viu foi uma coisa que crescia, os restos de uma planta misteriosa que não existia nas colônias lunares, e por isso ela embrulhou alguns em uma meia, a qual guardou com muito cuidado na mala para dar à filha, Sylvie, que tinha 5 anos e colecionava esse tipo de coisa.

* * *

— Fiquei tão confusa com o seu livro — disse uma mulher em Dallas. — Tem um monte de fios narrativos, um monte de personagens, e acho que eu estava esperando eles se conectarem, mas isso não aconteceu, no fim das contas. O livro simplesmente terminou. Eu fiquei assim… — Ela estava a certa distância, na plateia às escuras, mas Olive viu que a mulher imitava o gesto de folhear um livro e perceber que as páginas terminaram. — Eu fiquei assim… *Ahn? O livro veio com páginas faltando?* Ele simplesmente *terminou*.

— Entendo — disse Olive. — Então, só para esclarecer, sua pergunta é…

— Eu fiquei assim: *o quê?* — retomou a mulher. — Minha pergunta é só… — Ela abriu as mãos como quem diz "Faz alguma coisa para me ajudar, eu não sei mais o que dizer".

O quarto de hotel daquela noite era todo preto e branco. Olive sonhou que jogava xadrez com a mãe.

Será que o fim do livro era abrupto demais? Ela passou três dias obcecada com a questão, da República do Texas ao oeste do Canadá.

— Estou tentando não ser pessimista — disse Olive ao marido por telefone —, mas faz três dias que tenho dormido mal, e duvido muito que eu vá impressionar alguém na palestra de hoje. — Isso foi em Red Deer. Pela janela do quarto de hotel, as luzes das torres residenciais cintilavam no escuro.

— Nada de pessimismo — respondeu Dion. — Pense naquela frase que pus na parede do meu escritório.

— "A vida é incrível se você não afrouxar" — declamou Olive. — Por falar no escritório, como vai o trabalho?

Ele suspirou.

— Fui encarregado de um projeto novo. — Dion era arquiteto.

— A nova universidade?

— É, mais ou menos. Um centro de estudos de física, mas também... assinei um contrato de confidencialidade rigoroso, então promete que não conta para ninguém?

— Claro. Não vou contar para ninguém. Mas o que tem de tão sigiloso na arquitetura de uma universidade?

— Não é exatamente... Eu não tenho certeza de que seja uma universidade. — Dion parecia inquieto. — Tem umas coisas muito bizarras nas plantas.

— Que tipo de coisas?

— Bom, para começar, tem um túnel debaixo da rua que liga o prédio ao Centro de Segurança — explicou ele.

— Por que uma universidade precisaria de um túnel que leva à polícia?

— Foi o que eu me perguntei. E o prédio fica encostado na sede do governo — continuou Dion. — No começo, não vi nada de mais nisso. É um imóvel excelente no centro da cidade, então sabe como é, por que uma universidade não seria construída ao lado da sede do governo? Mas os dois prédios não são separados. Existem tantas passagens entre eles que do ponto de vista funcional são o mesmo prédio.

— Você tem razão — disse Olive —, é bizarro mesmo.

— Bem, acho que é um projeto bom para o meu portfólio.

Ela notou pelo tom de voz que ele queria mudar de assunto.

— Como está a Sylvie?

— Está bem.

Dion foi logo desviando a conversa para uma questão banal que tinha a ver com mercado e os almoços de Sylvie na escola, e Olive concluiu que, na verdade, a filha não devia estar tão bem na ausência da mãe. Ela ficou grata com a bondade do marido em não lhe dizer isso.

Pela manhã, Olive pegou um voo para uma cidade no extremo norte para dar uma série de entrevistas durante o dia e uma série de palestras à tarde, e então houve uma longa fila de autógrafos e um jantar bem tarde, seguido por três horas de sono e uma viagem para o aeroporto às três e quarenta e cinco da madrugada.

— O que é que você faz, Olive? — perguntou a motorista.

— Sou escritora — respondeu Olive.

Ela fechou os olhos e encostou a cabeça na janela, mas a motorista voltou a falar:

— O que você escreve?

— Livros.

— Conta mais.

— Bom — disse Olive —, estou viajando por conta de um romance chamado *Marienbad*. É sobre uma pandemia.

— É o seu livro mais recente?

— Não, já escrevi outros dois depois dele. Mas *Marienbad* vai virar filme, então estou fazendo a turnê de lançamento de uma nova edição.

— Que interessante — disse a motorista, que em seguida começou a falar de um livro que queria escrever.

Parecia ser um épico de ficção científica/fantasia passado no mundo moderno, só que com feiticeiros, demônios e ratos falantes. Os ratos eram bons. Ajudavam os feiticeiros. Eram ratos porque, em todos os livros que a motorista já tinha lido com animais falantes prestativos, os animais eram muito grandes. Cavalos e dragões e tal. Mas como se locomover pelo mundo discretamente com um dragão ou um cavalo? É insustentável. Tente entrar em um bar com um cavalo qualquer hora dessas. Não, o bom mesmo, disse ela, era ter como parceiro um animal que coubesse no bolso; um rato, por exemplo.

— É, acho que o rato é mais portátil — concordou Olive.

Ela se esforçava para manter os olhos abertos, mas estava muito difícil. O imenso caminhão na frente delas não parava de costurar o trânsito pela pista central. Era dirigido por um humano ou era um defeito de software? De qualquer forma, era inquietante. A motorista discorria sobre as possibilidades do multiverso: ratos não falam aqui, frisou, mas a lógica dita que não possam falar *em lugar nenhum*? Ela parecia estar à espera de uma resposta.

— Bom, não sei muito sobre a anatomia dos ratos — disse Olive —, se a laringe e as cordas vocais deles, por exemplo, estariam preparadas para a fala humana, mas eu teria que pensar direito, pode ser que os ratos de universos diferentes tenham uma anatomia diferente... — (Talvez estivesse murmurando a esta altura, ou talvez estivesse de boca calada. Era muito difícil permanecer acordada.)

A traseira do caminhão era linda, um aço texturizado com padronagem de diamante que cintilava e brilhava à luz dos faróis.

— Bom, pelo que a gente sabe — dizia a motorista —, existe um universo em que seu livro é real, quero dizer, não é uma obra de ficção!

— Espero que não — disse Olive.

Como só conseguia manter os olhos semicerrados, as luzes no campo de visão dela viravam estacas verticais: o painel, as luzes traseiras, os reflexos na parte de trás do caminhão.

— Quer dizer que seu livro — disse a motorista — é sobre uma pandemia?

— É. Uma gripe implausível do ponto de vista científico. — Como já não conseguia se manter desperta, Olive se entregou, fechou os olhos e se deixou cair naquele tipo de sono parcial do qual sabia que só poderia ser arrancada por uma voz...

— Você tem acompanhado as notícias sobre esse troço novo, esse vírus novo na Austrália? — perguntou a motorista.

— Mais ou menos — disse Olive, os olhos fechados. — Parece que a situação foi razoavelmente controlada.

— Sabe, no meu livro também tem uma espécie de apocalipse.

A motorista passou um tempo falando da fenda catastrófica no *continuum* espaço-tempo, mas Olive estava cansada demais para acompanhar.

— Consegui te manter acordada esse tempo todo! — disse a motorista com animação quando o carro parou em frente ao aeroporto. — Você não dormiu nada!

Doze horas depois, Olive estava apresentando a palestra sobre *Marienbad*, com base em grande parte na pesquisa que havia feito sobre a história das pandemias. A palestra já era tão familiar a essa altura que exigia pouquíssimo pensamento consciente, e a mente de Olive vagava. Ela não parava de pensar na conversa com a motorista, pois se lembrava de ter dito "Parece que a situação foi razoavelmente controlada", mas aqui vai uma questão epidemiológica: quando se fala em surtos de uma doença contagiosa, *razoavelmente controlada* não equivale, na prática, a *não estar nem um pouco controlada? Concentre-se*, disse a si mesma, e se forçou a voltar à realidade do palco, da luz implacável, do microfone.

— Na primavera de 1792 — disse Olive —, o capitão George Vancouver navegou pela costa do que tempos depois se tornaria a Colúmbia Britânica a bordo do HMS *Discovery*. À medida que ele e a tripulação seguiam em direção ao norte, o nervosismo aumentava. O clima era ameno, a paisagem era de um verde incrível, mas havia ali um vazio esquisito. Vancouver escreveu em seu diário de bordo: "Percorremos quase duzentos e cinquenta quilômetros dessas costas sem ver este mesmo número de habitantes."

Uma pausa para que a plateia assimilasse a ideia enquanto Olive tomava um gole de água. Um vírus ou é controlado ou não é. É uma situação binária. Ela não estava dormindo o suficiente. Apoiou o copo d'água na mesa.

— Quando eles se aventuraram em terra firme, descobriram vilarejos que podiam ter abrigado centenas de pessoas, mas esses vilarejos estavam abandonados. Quando foram além, se deram conta de que a floresta era um cemitério. — Esta parte da palestra era fácil antes de sua filha nascer, mas agora era quase insuportável. Olive parou um instante para se acalmar. — Canoas com restos humanos estavam penduradas nas árvores, três ou quatro metros acima do chão — disse ela. *Restos humanos que não eram de Sylvie. Não eram de Sylvie. Não eram de Sylvie.* — Em outro lugar, acharam esqueletos na praia. Porque a varíola já tinha chegado.

Na fila de autógrafos, após a palestra daquela noite, assinando o próprio nome inúmeras vezes, os pensamentos de Olive não paravam de se desviar para o desastre. *Para Xander com os me-*

lhores desejos, Olive Llewellyn. Para Claudio com os melhores desejos, Olive Llewellyn. Para Sohail com os melhores desejos, Olive Llewellyn. Para Hyeseung com os melhores desejos, Olive Llewellyn. Haveria outra pandemia? Uma nova série de casos tinha sido confirmada na Nova Zelândia naquela manhã.

O quarto de hotel daquela noite era basicamente bege, com o quadro de uma flor terrestre rosa de pétalas extravagantes — seria uma peônia? — acima da cama.

— Um ano antes — disse Olive a uma outra plateia, mesma palestra/cidade diferente —, em 1791, um navio mercante, o *Columbia Rediviva*, tinha cruzado aquelas mesmas águas. Comercializava peles de lontra-marinha. — Como era a lontra-marinha? Olive nunca tinha visto uma. Resolveu que pesquisaria depois. — Os tripulantes tiveram uma experiência parecida. Encontraram uma terra despovoada, e os pouquíssimos sobreviventes que acharam tinham histórias e cicatrizes horríveis. "Era evidente que os nativos tinham sido visitados pelo flagelo da humanidade, a varíola", escreveu um tripulante, John Boit. Outro marinheiro, John Hoskins, foi tomado pela revolta: "Infames europeus, um escândalo para o cristianismo; são vocês", ele escreveu, "que levam e deixam em um país com uma população que dizem ser de selvagens as doenças mais repulsivas?".

Um gole de água. A plateia estava em silêncio. (Um pensamento fugaz que lhe pareceu um triunfo: *Estou prendendo a atenção da sala.*)

— Mas é claro — prosseguiu ela — que sempre existe um começo. Antes que pudesse ser levada da Europa para as Américas, a varíola precisou chegar à Europa.

* * *

Olive se levantou da cama naquela noite e esbarrou na mesinha lateral, porque ainda tinha em mente a disposição dos móveis do quarto de hotel da noite anterior.

Na manhã seguinte, no longo trajeto entre uma cidade e outra, o motorista perguntou se Olive tinha filhos.
— Tenho uma filha — disse ela.
— Quantos anos?
— Cinco.
— Então o que é que você está fazendo aqui? — perguntou o motorista.
— Bom, é assim que eu sustento minha filha — respondeu Olive, com a voz mais branda que conseguiu, e não acrescentou *Vai à merda, eu sei que você jamais faria essa pergunta a um homem*, porque no fim das contas estavam só os dois no carro, o homem e Olive.
Ela observava pela janela as árvores passando: estavam atravessando uma reserva florestal. E imaginava Sylvie a seu lado, que bastaria esticar o braço para segurar a mãozinha quente da menina.
— Você cresceu lá em cima? Nas colônias? — perguntou ele de repente, depois de algum tempo, porque já tinham falado das colônias lunares.
— Sim. Minha avó foi uma das primeiras colonizadoras.
Ela às vezes gostava de imaginar a avó, aos 20 anos de idade, alçando voo do terminal de dirigíveis de Vancouver à primeira luz do dia, a aeronave riscando o céu na escuridão.
— Sempre quis ir lá — disse o motorista. — Acabei nunca indo.

Lembre-se de que você tem a sorte de viajar. Lembre-se de que tem gente que nunca sai deste planeta. Olive fechou os olhos para imaginar melhor Sylvie sentada a seu lado.

— Seu perfume é ótimo, aliás — disse o motorista.

As quatro suítes de hotel seguintes eram brancas e cinza e tinham disposições idênticas, pois faziam parte da mesma rede de hotéis.

— É a primeira vez que a senhora se hospeda com a gente? — perguntou uma mulher na recepção do terceiro ou quarto hotel, e Olive não soube muito bem o que responder. Afinal, quem já se hospedou em um Marriott não se hospedou em todos eles?

Outra cidade:

— Antes que pudesse ser levada da Europa para as Américas, a varíola precisou chegar à Europa. — Olive estava arrependida da decisão de usar um suéter. As luzes de Toronto eram quentes demais. — Em meados do século II, soldados romanos que voltavam do cerco à cidade de Selêucia, na Mesopotâmia, levaram uma nova doença para a capital. Vítimas da peste antonina, como viria a ser chamada, tinham febre, vômito e diarreia. Alguns dias depois, uma erupção horrível surgia na pele. A população não tinha imunidade alguma.

Olive já tinha apresentado a palestra tantas vezes que nesse momento se sentia uma observadora neutra. Ouvia as palavras e cadências a certa distância.

— Quando a peste antonina devastou o Império Romano — contou Olive à plateia —, o exército foi dizimado. Em certos lugares do império, uma em cada três pessoas morreu. Um dado curioso: os romanos se perguntavam se não teriam sido os responsáveis pela calamidade, por causa dos atos praticados na cidade de Selêucia.

Estava no quarto de hotel daquela noite — basicamente bege e azul, com toques de rosa — quando Dion telefonou. Algo atípico: de modo geral, era ela quem telefonava para ele. Dion parecia cansado. Andava trabalhando muito, explicou, e o projeto da nova universidade era sinistro. Além disso, estava difícil lidar com Sylvie. Ao buscá-la na escola naquele dia, ela não quis ir embora e fez um escândalo, e todos se compadeceram dele, era visível na expressão afável que tinham no rosto.

— Você tem visto as notícias dessa doença nova na Austrália? — perguntou ele. — Estou um pouco preocupado.

— Não tenho acompanhado — disse Olive. — Para ser sincera, tenho andado cansada demais para pensar.

— Eu queria que você voltasse para casa.

— Já vou voltar.

Ele se calou.

— Preciso ir — disse ela. — Boa noite.

— Boa noite — despediu-se ele, e desligou.

— Na cidade de Selêucia — disse Olive a uma plateia que lotava a Biblioteca Mercantil de Cincinnati, um ou dois dias depois —, o exército romano tinha destruído o Templo de Apolo. Nesse templo, segundo o historiador Amiano Marcelino, os soldados romanos tinham descoberto uma fenda estreita. Quando a alargaram, na esperança de que contivesse preciosidades, Marcelino disse que "escapou uma pestilência, carregada da força da doença incurável, que [...] poluiu o mundo inteiro, das margens da Pérsia ao Reno e à Gália, de contaminação e morte".

Uma pausa. Um gole de água. Ritmo é essencial.

— Essa justificativa pode nos parecer boba hoje em dia, mas as pessoas estavam desesperadas atrás de uma explicação para o pesadelo que havia se abatido sobre elas. E acho que, embora estranha, a explicação toca na raiz do nosso medo: a doença ainda é carregada de um mistério terrível.

Ela olhou para a plateia e viu, como sempre via nesse momento da palestra, aquela expressão peculiar no rosto de alguns espectadores, um tipo de pesar específico. Em qualquer plateia, é inevitável a presença de algumas pessoas com doenças incuráveis e de outras que acabaram de perder um ente querido para uma doença.

— Você está preocupada com esse novo vírus? — perguntou Olive à diretora da biblioteca de Cincinnati.

Estavam sentadas no escritório da diretora, que Olive imediatamente avaliou como talvez o seu predileto de todos os escritórios que já tinha visto. Ficava debaixo dos canos de escapamento, que eram centenários e feitos de ferro forjado.

— Estou tentando não ficar — disse a diretora. — Apenas torcendo para ele desaparecer.

— Acho que geralmente é o que acontece — disse Olive.

Isso era verdade? Não estava muito segura.

A diretora da biblioteca fez que sim, o olhar perdido. Estava claro que não queria falar de pandemias.

— Deixa eu te contar uma coisa magnífica sobre este lugar — disse ela.

— Por favor, conte — pediu Olive. — Faz um tempo que ninguém me conta nada magnífico.

— Então, nós não somos os donos deste edifício — disse a diretora —, mas temos um contrato de aluguel de dez mil anos deste espaço.

— Tem razão. É uma coisa magnífica.
— Arrogância do século XIX. Imagine pensar que a civilização continuaria existindo dali a dez mil anos. Mas não para por aí. — Ela se aproximou e fez uma pausa para causar impacto. — O contrato é renovável.

A janela do quarto de hotel daquela noite abria, o que, após uma dezena de quartos com janelas que não abriam, parecia um milagre. Olive passou bastante tempo lendo um romance ao lado da janela, desfrutando o belo ar fresco.

Na manhã seguinte, ao deixar Cincinnati, Olive viu o amanhecer da sala de espera do aeroporto. O calor fazia a pista de pouso e decolagem cintilar, o horizonte estava rosa. *Paradoxo: quero ir para casa, mas poderia ver o nascer do sol na Terra para sempre.*

— A verdade — disse Olive, atrás de uma tribuna em Paris — é que mesmo agora, tantos séculos depois, apesar de todo o nosso avanço tecnológico, todo o nosso conhecimento científico a respeito das doenças, ainda não sabemos por que uma pessoa adoece e outra não, ou por que um paciente sobrevive e outro morre. A doença nos assusta porque é caótica. Existe nela uma terrível falta de método.

Na recepção, naquela noite, alguém cutucou o ombro de Olive, e, ao se virar, ela se deparou com Aretta, sua relações-públicas da República Atlântica.
— Aretta! — exclamou ela. — O que está fazendo em Paris?
— Estou de folga — disse Aretta —, mas uma das minhas melhores amigas trabalha na sua editora francesa e arranjou

ingressos para virmos à recepção, então pensei em te dar um oi.

— Que bom te ver aqui — disse Olive, e era verdade, mas alguém a puxava para falar com um grupo de patrocinadores e livreiros, portanto ela passou um tempo em um círculo de pessoas que desejavam saber quando lançaria o próximo livro, se estava gostando da França e de onde era a família dela.

— Seu marido deve ser muito legal — disse uma mulher —, por cuidar da sua filha enquanto você faz isso.

— Como assim? — indagou Olive, mas é claro que sabia o que a mulher queria dizer.

— Bom, ele está cuidando da sua filha enquanto você faz isso — respondeu a mulher.

— Perdão — disse Olive —, acho que meu robô tradutor está com algum problema. Achei que você tinha dito que ele é muito legal por cuidar da própria filha. — Ao virar as costas, ela se deu conta de que rangia os dentes.

Procurou Aretta, mas não a encontrou.

Nos quatro hotéis seguintes, os quartos eram bege, azul, bege de novo, em seguida quase todo branco, mas todos tinham flores de seda num vaso em cima da mesa.

— Como é? — perguntou a entrevistadora.

Era difícil parar de pensar na mulher de Paris, mas Olive estava tentando. *Siga em frente*. Olive e a entrevistadora estavam no palco em Tallinn. As luzes eram muito quentes.

— O que você quer dizer? — Era uma primeira pergunta esquisita.

— Como é escrever um livro de tanto sucesso? Como é ser Olive Llewellyn?

— Ah. É surreal, na verdade. Escrevi três livros que passaram despercebidos, que não tiveram nenhuma distribuição fora das colônias lunares, e então... é como entrar de fininho em um universo paralelo — contou Olive. — Quando publiquei *Marienbad*, caí em um bizarro mundo invertido, no qual as pessoas realmente liam a minha obra. É incrível. Espero nunca me acostumar com isso.

O motorista que levou Olive para o hotel naquela noite tinha uma voz linda e cantava uma canção de jazz antiga enquanto dirigia. Olive abriu a janela do aerobarco e fechou os olhos para viver mais intensamente na música, o ar fresco no rosto, e durante alguns minutos foi plenamente feliz.

— É incrível como o tempo desacelera quando estou viajando — comentou Olive ao telefone com Dion. Estava deitada de costas no chão de outro quarto de hotel, olhando para o teto. A cama teria sido mais confortável, mas estava com dor nas costas e o chão duro ajudava. — A minha sensação é de que estou na estrada há seis meses. Não entendo muito bem como ainda é novembro.

— Faz três semanas.

— Como eu disse.

Fez-se silêncio na linha.

— Olha — disse Olive —, o negócio é que uma pessoa pode ser grata por sua situação extraordinária e ao mesmo tempo ter saudade de estar com aqueles que ama.

Ela sentiu o clima amenizar entre eles antes de o marido falar.

— Eu sei, amor — disse Dion com delicadeza. — A gente também está com saudade.

— Andei pensando no seu projeto. Por que uma universidade precisaria de uma passagem subterrânea para a delegacia de polícia e...

Mas o telefone de Dion estava tocando.

— Desculpa — disse ele —, é o meu chefe. A gente se fala depois?

— A gente se fala depois.

Ela estava em um dirigível, cruzando o Atlântico, quando a resposta do enigma lhe veio à cabeça.

Equipes de pesquisadores vinham investigando viagens no tempo havia décadas, tanto na Terra quando nas colônias. Nesse contexto, uma universidade voltada para o estudo da física com uma passagem subterrânea para a delegacia de polícia e inúmeras portas clandestinas para a sede do governo fazia todo o sentido. O que é a viagem no tempo se não um problema de segurança?

Olive não parava de procurar a canção que o motorista em Tallinn havia cantado, mas não conseguia encontrá-la. A letra lhe escapava. Ela continuava buscando termos no telefone (amor + chuva + morte + dinheiro + letra + música) e não chegava a lugar algum.

Em Lyon, em um festival dedicado à ficção de suspense, a relações-públicas francesa de Olive a levou a uma sala de imprensa em que a entrevistadora, uma mulher que trabalhava para uma revista, programava várias câmeras holográficas.

— Olive — disse a entrevistadora —, amo seu trabalho.

— Obrigada, é muito bom ouvir isso.

— Pode se sentar nessa cadeira, por favor?

Olive se sentou. Uma assistente prendeu-lhe um microfone à camisa.

— Então, este é um quadro que estou fazendo com todos os autores do festival — explicou a entrevistadora. — É só uma entrevista breve. Uma coisinha divertida para os nossos espectadores.

— Divertida? — Olive ficou incomodada.

A relações-públicas francesa lançou um olhar alarmado para a entrevistadora.

— Vamos começar?

— Vamos.

Dez câmeras holográficas pairavam no ar e cercaram Olive feito um círculo de estrelas, formando uma impressão composta.

— Então, essas perguntas — disse a entrevistadora — são focadas no suspense!

— Porque estamos em um festival de suspense — concluiu Olive.

— Exatamente. Vamos lá. Número um: qual é o seu álibi preferido?

— Meu... álibi preferido?

— Isso.

— Eu não... Apenas digo que tenho outros planos. Quando não quero fazer alguma coisa.

— Pelo que sei, você é casada com um homem — disse a entrevistadora. — Quando conheceu seu marido, qual foi a primeira pista de que você o amava?

— Bom, acho que foi uma sensação de reconhecimento, se é que isso faz sentido. Lembro que da primeira vez que o vi, olhei para ele e soube que seria importante na minha vida. Mas isso seria uma pista?

— Qual é a sua ideia de um assassinato perfeito?

— Eu me lembro de ter lido uma história em que um cara era apunhalado com um sincelo — disse Olive. — Acho que é meio que perfeito, um assassinato em que a arma do crime derrete. Mas, se você me permite, eu queria saber se alguma das suas perguntas tem a ver com o meu trabalho.

— Só tenho mais uma. Última pergunta. Sexo com ou sem algemas?

Olive tirou o microfone da camisa enquanto se levantava. Pôs o microfone na cadeira com bastante cuidado.

— Sem comentários — disse, e saiu da sala antes que a entrevistadora visse as lágrimas nos olhos dela.

Em Xangai, Olive passou três horas falando de si mesma e do livro, ou seja, falando do fim do mundo, enquanto tentava não imaginar o mundo em que a filha vivia acabando, e depois voltou ao hotel, onde percebeu, no corredor, que estava com dificuldade para andar em linha reta. Ela nunca bebia, mas a embriaguez e a fadiga às vezes têm a mesma cara. Olive atravessou o corredor em zigue-zague e entrou cambaleando no quarto. Fechou a porta e ficou de pé ali dentro por bastante tempo, a testa encostada na parede gelada acima do interruptor. Passados alguns minutos, ouviu a própria voz repetindo: *É pesado demais. É pesado demais. É pesado demais.*

— Olive — disse baixinho o sistema de IA do quarto depois de algum tempo —, você deseja assistência? — Como Olive não respondeu, ele repetiu a questão em mandarim e cantonês.

— Olive, sabia que fui babá da sua agente? — disse uma mulher na fila de autógrafos em Singapura, no dia seguinte.

* * *

— Que mensagem você gostaria que seus leitores tirassem de *Marienbad*? — perguntou outro entrevistador.

Olive e o entrevistador estavam juntos no palco em Tóquio. O entrevistador na verdade era um holograma, pois, em razão de motivos pessoais não especificados, ele não tinha conseguido sair de Nairóbi. Olive desconfiava que o motivo pessoal fosse uma doença: o entrevistador não parava de congelar, mas o som não estava atrasado, ou seja, ele não estava congelando por causa de uma conexão ruim, mas porque não parava de apertar o botão TOSSE no console.

— Eu só estava tentando escrever um livro interessante — disse Olive. — Não tem mensagem alguma.

— Tem certeza? — questionou o entrevistador.

— Você autografaria um livro usado? — perguntou uma mulher, na fila de autógrafos.

— Claro, com muito prazer.

— E outra coisa — disse a mulher. — Essa letra é sua?

Alguém, não Olive, já tinha escrito no exemplar de *Marienbad* da mulher: *Harold, adorei a noite de ontem. Beijos, Olive Llewellyn.*

Olive fitou a mensagem e sentiu um quê de vertigem.

— Não — afirmou —, não sei quem escreveu isso.

(Passou dias distraída com a ideia de uma Olive fantasma se deslocando pela paisagem, em uma espécie de turnê paralela, escrevendo mensagens atípicas nos livros de Olive.)

* * *

Na Cidade do Cabo, Olive conheceu um autor que estava na estrada com o marido havia um ano e meio, fazendo turnê para divulgar um livro que tinha vendido muito mais exemplares do que *Marienbad*.

— Estamos vendo quanto tempo conseguimos viajar até termos que voltar para casa — explicou o autor.

O nome dele era Ibby, apelido de Ibrahim, e o marido se chamava Jack. Os três estavam sentados juntos no fim da tarde, no terraço do hotel, que estava cheio de escritores participantes de um festival literário.

— Vocês estão evitando voltar para casa? — indagou Olive. — Ou só curtem viajar?

— As duas coisas — respondeu Jack. — Eu gosto de pegar a estrada.

— E o nosso apartamento é medíocre — completou Ibby —, mas ainda não decidimos o que fazer com ele. Mudar de casa? Redecorar? Podemos ir por um caminho ou por outro.

Havia dezenas de árvores no terraço, em enormes canteiros, com luzes pequeninas cintilando nos galhos. A música soava em algum lugar, um quarteto de cordas. Olive usava o vestido chique de turnê, que era prateado e batia nos tornozelos. *Este é um dos momentos glamourosos*, pensou Olive, arquivando-o com cuidado para poder usá-lo como apoio mais tarde. A brisa carregava o aroma de jasmim.

— *Eu* ouvi uma boa notícia hoje — anunciou Jack.

— Conta logo — disse Ibby. — Passei o dia inteiro numa espécie de túnel de festival literário. Um apagão de notícias involuntário.

— Começaram as obras na primeira das Colônias Distantes — disse Jack.

Olive sorriu, e quase se manifestou, mas por um instante se viu sem palavras. O planejamento das Colônias Distantes tinha começado quando os avós dela eram crianças. Ela sempre se lembraria desse momento, pensou, dessa festa, dessas pessoas das quais gostava muito e talvez nunca mais revisse. Poderia contar a Sylvie onde estava quando ouviu a notícia. Quando tinha sido sua última experiência de perplexidade genuína? Já fazia um tempo. Olive foi tomada de felicidade. Ela ergueu a taça.

— À Alpha Centauri — disse.

Em Buenos Aires, Olive conheceu uma mulher que queria lhe mostrar uma tatuagem.

— Espero que isso não seja bizarro — disse ela, e afastou a camisa para revelar uma citação do livro, *Sabíamos que estava vindo*, numa bela letra arredondada no ombro esquerdo.

A respiração de Olive ficou presa na garganta. Não era apenas uma frase de *Marienbad*, era uma tatuagem em *Marienbad*. Na segunda metade do romance, o personagem Gaspery-Jacques tatuava a frase no braço esquerdo. Você escreve um livro com uma tatuagem fictícia e então a tatuagem se materializa no mundo real, e depois disso quase tudo parece ser possível. Já tinha visto cinco dessas tatuagens, mas isso não tornava o fato menos extraordinário, considerando a maneira como a ficção pode sangrar para o mundo e deixar sua marca na pele de alguém.

— Que incrível — disse Olive baixinho. — É incrível ver essa tatuagem no mundo real.

— É a minha frase preferida do seu livro — comentou a mulher. — É verdadeira em tantos sentidos, não é?

* * *

Mas tudo não parece óbvio em retrospecto? Enquanto ela deslizava rumo à República de Dakota em um dirigível de baixa altitude, Olive olhava pela janela, para o crepúsculo azul sobre as pradarias, e tentava achar alguma paz na paisagem. Recebera um novo convite para um festival em Titã. Não ia lá desde pequena e só tinha vagas lembranças das multidões no Golfinário e de uma pipoca sem gosto esquisita, a bruma amarelada do céu diurno — ela estivera em uma suposta colônia Realista, um dos postos avançados em que os colonizadores tinham resolvido usar redomas transparentes a fim de experimentar as cores verdadeiras da atmosfera titaniana — e modas estranhas, aquela coisa que todos os adolescentes estavam fazendo, de pintar o rosto como pixels, quadrados coloridos que diziam tapear o software de reconhecimento facial, mas tinham o efeito colateral de deixá-los com cara de palhaços lunáticos. Será que ela devia ir a Titã? *Quero ir para casa.* Onde Sylvie estava naquele momento? *Mas isso é mais fácil do que ter um emprego de verdade, não se esqueça.*

— Me lembro de ter lido em algum lugar — disse uma entrevistadora — que o título do seu primeiro livro veio do seu último emprego formal.

— Isso — disse Olive —, um dia me deparei com ele no trabalho.

— Seu primeiro romance foi *Estrelas flutuantes com brilho dourado*. Pode me falar desse título?

— Claro. Eu estava trabalhando com treinamento de IA, corrigindo versões esquisitas produzidas por robôs tradutores. Me lembro de ficar horas sentada naquele escritório apertado...

— Isso foi na Colônia Dois?

— Sim, na Colônia Dois. Meu trabalho era passar o dia inteiro sentada, reformulando frases infelizes. Mas teve uma que me pegou de surpresa porque podia até ser esquisita e cheia de erros, mas eu adorei. — Olive já tinha contado essa história tantas vezes que era como recitar as falas de uma peça teatral. — Era uma descrição de velas votivas com poeminhas nos castiçais. A descrição, sabe-se lá por quê, tinha sido traduzida como *sete motivos para verso*, e a descrição de uma das velas era *estrelas flutuantes com brilho dourado*. A beleza dessas frases, sei lá, me pegou de surpresa.

Me pegou de surpresa. Dois dias depois, ela estava dividindo uma mesa com outra escritora em um festival no estado-cidade de Los Angeles, e a implicação da expressão havia acabado de lhe passar pela cabeça. O que te pega e te surpreende? A morte, claro. Olive nem acreditava que nunca tinha pensado nisso. Los Angeles estava sob uma redoma, mas ainda assim a luz que atravessava as janelas era ofuscante. Isso significava que ela não enxergava a plateia, o que na verdade era ótimo. Aquele monte de rostos olhando fixamente para ela. Não, para elas: a outra escritora era Jessica Marley, e Olive estava contente de ter Jessica ali, embora não gostasse muito dela. Tudo ofendia Jessica, o que é inevitável quando uma pessoa corre o mundo em busca de ofensas.

— Bom, tem gente que não tem doutorado em literatura, Jim — disse Jessica ao entrevistador, reagindo a uma provocação imperceptível.

A expressão no rosto dele espelhava o pensamento de Olive naquele instante: *É, essa degringolou rápido*. Mas um homem da plateia estava de pé para fazer uma pergunta sobre *Marienbad*. Quase todas as perguntas eram sobre *Marienbad*, fato embaraçoso porque Jessica também estava ali, com seu livro sobre crescer e chegar à fase adulta nas colônias lunares. Olive fingia não ter lido *O nascer da Lua*, porque havia detestado o livro. Ela tinha vivido aquilo na pele, e a experiência não era nem de longe tão poética quanto a obra de Jessica sugeria. Crescer em uma colônia lunar era bom. Nem excelente nem distópico. Ela tinha vivido numa casinha em uma vizinhança agradável de ruas arborizadas, frequentado uma escola pública boa, mas não extraordinária, toda a vida numa temperatura constante de 15°C a 22°C sob a iluminação meticulosamente calibrada da redoma, com chuvas agendadas. Ela não crescera *ansiando pela Terra* nem percebera a própria vida como *um deslocamento contínuo*, muito obrigada.

— Quero perguntar a Olive sobre a morte do profeta em *Marienbad* — disse o homem na plateia. Jessica suspirou e afundou um pouco na cadeira. — Poderia ter sido um momento muito mais grandioso, mas você resolveu escrevê-lo como um acontecimento relativamente banal, anticlimático.

— Sério? Não vejo dessa forma — disse Olive, no tom mais ameno possível.

Ele sorriu, na tentativa de agradá-la.

— Mas você optou por tornar esse momento muito banal, quase irrelevante, quando poderia ter sido cinemático, majestoso. Por quê?

Jessica se ajeitou na cadeira, animada com a possibilidade de um embate.

— Bom — respondeu Olive —, acho que cada um tem uma ideia diferente do que é um momento grandioso.

— Você é mestra em desviar do assunto — murmurou Jessica, sem olhar para ela. — É uma ninja do desvio.

— Obrigada — disse Olive, embora soubesse que aquilo não era um elogio.

— Vamos para a próxima pergunta — anunciou o entrevistador.

— Sabe em qual expressão eu não paro de pensar? — perguntou um poeta, em outra mesa, em um festival em Copenhague. — "A semeadura é livre, mas a colheita é obrigatória." Porque nunca são semeaduras boas. Nunca é "você foi uma boa pessoa e agora vai colher o que plantou". Nunca são sementes boas. São sempre sementes ruins.

Algumas risadas e aplausos dispersos. Um homem na plateia estava tendo um acesso de tosse. Ele saiu às pressas, curvando-se como quem pede desculpas. Olive anotou na margem do programa do festival: *não são sementes boas*.

Será que a morte do profeta em *Marienbad* era muito anticlimática? Talvez sim. Olive estava sozinha no bar do hotel, nos arredores de onde acontecia o festival em Copenhague, tomando chá e comendo uma salada murcha com queijo demais. Por um lado, a morte do profeta *era* dramática, afinal ele tinha levado um tiro na cabeça, mas talvez devesse ter havido uma cena de batalha, talvez a morte fosse casual demais, pois ele ia da saúde plena à morte no curso de um parágrafo, e a história continuava sem ele…

— Deseja mais alguma coisa? — perguntou o bartender.

— Só a conta, por favor — respondeu Olive.

... mas, por outro lado, a realidade não é assim? Não é verdade que a maioria de nós morre de formas anticlimáticas, nossa morte despercebida por quase todos, tornando-se um ponto do enredo das narrativas daqueles ao nosso redor? Mas é óbvio que *Marienbad* era uma obra de ficção, isto é, a realidade não era relevante para a questão em pauta, e talvez a morte do profeta fosse de fato uma falha. Agora Olive segurava a caneta acima da conta, mas hesitava: não se lembrava do número do quarto. Teve que ir à recepção para descobrir qual era.

— Acontece mais do que você imagina — disse o funcionário da recepção.

No terminal de dirigíveis, na manhã seguinte, ela se sentou ao lado de um homem que viajava a negócios e queria lhe contar tudo sobre o trabalho que fazia, o qual tinha algo a ver com a detecção de aço falsificado. Olive passou um bom tempo escutando, pois o monólogo a distraía da saudade que sentia de Sylvie.

— E o que você faz? — perguntou enfim o outro viajante.
— Escrevo livros — respondeu Olive.
— Para crianças? — perguntou ele.

Quando Olive retornou à República Atlântica, rever sua relações-públicas foi como rever uma amiga de longa data. Aretta e Olive se sentaram juntas em um jantar para livreiros de Jersey City.

— Como têm sido as coisas desde a última vez que te vi? — perguntou Aretta.

— Tudo bem — disse Olive —, está tudo correndo bem. Não tenho do que me queixar. — E então, porque estava cansada e a essa altura já conhecia Aretta um pouquinho, quebrou a própria regra de nunca revelar nada pessoal e acrescentou: — Só que é muita gente.

Aretta sorriu.

— Relações-públicas não deveriam ser tímidas — disse ela —, mas às vezes eu fico meio tonta nesses jantares.

— Eu também — disse Olive. — Meu rosto fica cansado.

O quarto de hotel daquela noite era branco e azul. O problema de estar longe do marido e da filha era que cada quarto de hotel era mais vazio do que o quarto anterior.

A última entrevista da turnê foi na tarde seguinte, na Filadélfia, onde Olive se encontrou com um homem de terno preto que tinha a idade dela, ou era mais jovem, na bela sala de reuniões do hotel. A sala ficava em um andar alto com parede de vidro, e a cidade se desdobrava abaixo deles.

— Aqui estamos — disse Aretta com animação. — Olive, este é o Gaspery Roberts, da *Revista Contingências*. Tenho que dar uns telefonemas rápidos, então vou deixar vocês a sós. — Ela recuou.

Olive e o entrevistador estavam sentados em poltronas de veludo verde idênticas.

— Obrigado por falar comigo — disse o homem.

— É um prazer. Você se importa se eu perguntar sobre o seu nome? Acho que nunca conheci nenhum Gaspery.

— Vou te contar uma coisa ainda mais esquisita — disse ele. — Na verdade, meu nome é Gaspery-Jacques.

— É sério? Eu achava que tinha inventado esse nome para o personagem de *Marienbad*.

Ele sorriu.

— Minha mãe ficou pasmada quando se deparou com o nome no seu livro. Ela também achava que tinha inventado.

— Vai ver que eu vi seu nome em algum lugar e não me lembrava dele conscientemente.

— Tudo é possível. Às vezes é difícil saber o que nós sabemos, não é? — Olive apreciou seu jeito delicado de falar, além de ele ter um sotaque que lhe parecia familiar. — Você deu entrevistas o dia todo?

— Metade do dia. Você é minha quinta entrevista.

— Nossa. Vou ser breve, então. Se me permite, eu gostaria de te perguntar sobre uma cena específica de *Marienbad*.

— Pode ser. Claro.

— A cena no porto espacial — disse ele. — Onde seu personagem Willis escuta o violino e é... transportado.

— É um trecho estranho — comentou Olive. — Ouço muitas perguntas sobre ele.

— Eu gostaria de te perguntar uma coisa. — Gaspery hesitou por um momento. — Talvez pareça meio... Minha intenção não é me intrometer. Mas existe um quê de... Fico me perguntando se essa parte do livro foi inspirada em uma experiência pessoal.

— Eu nunca tive interesse em autoficção — declarou Olive, mas agora era difícil olhar nos olhos dele.

Ela sempre achara tranquilizante olhar para as próprias mãos entrelaçadas, mas não sabia se eram as mãos ou a camisa, os punhos brancos impecáveis das mangas. Roupas são armaduras.

— Escuta — disse Gaspery —, eu não quis te deixar desconfortável nem te colocar contra a parede. Mas tenho curiosidade em saber se você já vivenciou algo estranho no terminal de dirigíveis de Oklahoma City.

No silêncio, Olive escutava o zumbido baixinho do prédio, os sons da ventilação e do encanamento. Talvez não confessasse se ele não a tivesse encontrado já no final da turnê, se já não estivesse tão cansada.

— Não vejo problema em falar desse assunto — disse ela —, mas acho que vou parecer muito excêntrica se isso entrar na versão final da entrevista. Podemos conversar em off um instante?

— Claro — respondeu ele.

4

Sementes ruins

2401

1

Nenhuma estrela arde para sempre. Você pode falar "é o fim do mundo" e querer dizer isso mesmo, mas o que se perde nesse tipo de emprego desleixado é que mais cedo ou mais tarde o mundo vai acabar de vez. Não a "civilização", seja lá o que isso for, mas o planeta de verdade.

O que não significa que esses finais menores não sejam aniquilantes. Um ano antes de começar meu treinamento no Instituto do Tempo, fui a um jantar na casa do meu amigo Ephrem. Ele tinha acabado de voltar das férias na Terra, e me contou que fora passear no cemitério com a filha, Meiying, então com 4 anos. Ephrem era arborista. Gostava de ir a cemitérios antigos para ver as árvores. Mas nessa ocasião eles se depararam com o túmulo de outra menina de 4 anos, Ephrem me contou, e ele logo quis ir embora. Estava acostumado com cemitérios, tinha o hábito de visitá-los, sempre disse que não os achava deprimentes, apenas pacatos, mas aquele túmulo o sensibilizou. Ao olhar para ele, sentiu uma tristeza insuportável. Era também o pior tipo de dia de verão na Terra, úmido até não poder mais, e Ephrem tinha impressão de que não conseguia respirar direito. A lenga-lenga das cigarras era sufocante. O suor lhe escorria pelas costas. Ele disse à filha que estava na hora de ir embora, mas ela ficou mais um tempo junto ao túmulo.

— Se os pais amavam ela — disse Meiying —, deve ter parecido o fim do mundo.

A observação era tão sinistramente astuta, Ephrem contou, que ele ficou parado ali, olhando para a filha, e se pegou pensando: *De onde foi que você veio?* Eles tiveram certa dificuldade de sair do cemitério.

— Ela parava e inspecionava cada uma das malditas flores e pinhas — explicou ele.

E eles nunca mais voltaram lá.

Esses são os mundos que acabam na nossa vida cotidiana, essas crianças interrompidas, essas perdas devastadoras, mas no fim da Terra haverá um aniquilamento verdadeiro, literal, por isso havia as colônias. A primeira colônia na Lua tinha sido concebida como um protótipo, um teste para a consolidação de uma presença em outros sistemas solares nos séculos futuros.

— Porque uma hora ou outra, querendo ou não, vamos precisar — declarara a presidente da China na coletiva de imprensa em que as obras da primeira colônia foram anunciadas. — A não ser que desejemos que toda a história e as realizações humanas sejam tragadas por uma supernova daqui a alguns milhões de anos.

Assisti a vídeos dessa coletiva de imprensa trezentos anos depois de sua realização, no escritório da minha irmã, Zoey. A presidente atrás da tribuna, rodeada pelos funcionários enfileirados, e uma multidão de repórteres abaixo do palco. Um deles levantou a mão:

— Temos certeza de que vai ser uma supernova?
— É claro que não — respondeu a presidente. — Pode ser qualquer coisa. Um planeta invasor, uma tempestade de asteroides, tanto faz. A questão é que estamos orbitando uma estrela, e todas as estrelas um dia morrem.

— Mas se a estrela morre — disse eu a Zoey —, é óbvio que a Lua da Terra vai junto.

— É claro — concordou ela —, mas nós somos um mero protótipo, Gaspery. Somos apenas uma prova do conceito. Faz 180 anos que as Colônias Distantes foram povoadas.

2

A primeira colônia lunar foi construída nas planícies silenciosas do Mar da Tranquilidade, perto de onde os astronautas da *Apollo 11* haviam pousado em um século longínquo. A bandeira que fincaram ainda estava lá, a distância, uma estatuazinha frágil na superfície sem vento.

Havia um interesse substancial na imigração para a colônia. A Terra estava abarrotada àquela altura, e grandes áreas tinham se tornado inabitáveis devido às inundações ou ao calor. Os arquitetos da colônia separaram um espaço para a construção de grandes prédios residenciais, que logo foram vendidos. Os empreiteiros fizeram lobby e conseguiram aprovação para uma segunda colônia quando acabou o espaço na Colônia Um. No entanto, a Colônia Dois foi construída com uma pressa exagerada, e em menos de um século o sistema de iluminação da redoma principal apresentou defeito. O sistema deveria imitar a aparência do céu conforme era visto da Terra — era mais agradável olhar para cima e ver o azul em vez do nada —, e, quando parou de funcionar, não havia mais atmosfera falsa, não havia mais pixels variando para dar a impressão de nuvens, não havia mais alvoradas e crepúsculos pré-programados e muito bem calibrados, não havia mais azul. O que não significa que não houvesse luz, mas, sim, que a luz não era nada semelhante à da Terra: nos dias claros, os colonizadores olhavam para o espaço. A combinação de breu total com luz clara provocava tonteira em algumas pessoas, mas não se sabe se essa era uma resposta física ou psicológica. O problema mais sério é que o defeito na iluminação da redoma acabava com a ilusão dos dias de 24 horas. Com isso, o sol surgia depressa e passava duas semanas cruzando o céu, e depois havia duas semanas ininterruptas de noite.

O custo do conserto era proibitivo. Houve certo grau de adaptação — as janelas dos quartos ganharam venezianas, assim as pessoas podiam dormir durante as noites em que o sol aparecia, e a iluminação das ruas foi melhorada para os dias sem luz solar —, mas o valor dos imóveis caiu, e em geral os que podiam bancar a mudança foram para a Colônia Um ou para a recém-finalizada Colônia Três. "Colônia Dois" foi desaparecendo do linguajar comum: todo mundo passou a chamá-la de Cidade da Noite. Era o lugar onde o céu estava sempre preto.

Cresci na Cidade da Noite. Na caminhada até a escola, eu passava na frente da casa da infância de Olive Llewellyn, uma escritora que tinha andado naquelas mesmas ruas duzentos anos antes, não muito tempo depois dos primeiros colonizadores da Lua. Era uma casinha em uma rua arborizada, e dava para ver que já fora bonita, mas a vizinhança tinha degringolado. A construção agora estava caindo aos pedaços, metade das janelas com tapumes e pichações por todos os lados, mas a placa ao lado da porta continuava lá.

Eu não dava nenhuma atenção à casa até que minha mãe contou que meu nome era uma homenagem a um personagem secundário de *Marienbad*, o livro mais famoso de Llewellyn. Não li o romance — eu não gostava de livros —, mas minha irmã, Zoey, leu e voltou com a informação: o Gaspery-Jacques do livro não tinha nada a ver comigo.

Resolvi não perguntar o que ela queria dizer com isso. Eu tinha 11 anos quando ela o leu, ou seja, ela devia ter 13 ou 14. Àquela altura Zoey já era uma pessoa séria, determinada, que obviamente se destacaria em tudo que tentasse fazer, enquanto eu, aos 11 anos, já tinha minhas primeiras suspeitas de que talvez não fosse o tipo de pessoa que gostaria de ser, e seria horrível se ela me contasse que o outro Gaspery-Jacques era, digamos, um homem de beleza formidável e de modo geral impressionante, muitíssimo concentrado nos deveres de casa e que jamais havia cometido pequenos furtos. Ainda assim, em segredo, passei a encarar a casa onde Olive Llewellyn tinha sido criada com um certo grau de respeito. Sentia uma conexão com a casa.

Havia uma família morando lá, um menino, uma menina e os pais, pessoas pálidas, de expressão infeliz, que tinham um estranho talento de passar a impressão de que não estavam tramando boa coisa. Eles tinham um ar decadente, todos eles. O sobrenome da família era Anderson. Os pais passavam muito tempo na varandinha na entrada da casa, batendo boca em voz baixa ou olhando para o nada. O menino era rabugento e vivia arranjando brigas na escola. A menina, que tinha mais ou menos a minha idade, gostava de brincar com um holograma no gramado da frente da casa, um holograma espelhado à moda antiga, que às vezes dançava com ela, e a verdade é que apenas nesses momentos eu a via sorrir perto de casa, quando estava rodopiando e saltitando e o duplo holográfico dela também rodopiava e saltitava.

Quando eu tinha 12 anos, a menina da família Anderson estava na mesma classe que eu, e descobri que se chamava Talia. Quem era Talia Anderson? Ela adorava desenhar. Dava saltos-mortais para trás no gramado. Parecia muito mais feliz na escola do que em casa.

— Eu conheço você — disse ela um dia, de repente, quando estávamos juntos na fila da cantina. — Você vive passando pela minha casa.

— Fica no meu caminho — justifiquei.

— No seu caminho para onde?

— Bom, para todos os lugares. Eu moro no fim do beco sem saída.

— Eu sei — disse ela.

— Como você sabe onde eu moro?

— Eu também passo na frente da sua casa. Passo pelo gramado do seu vizinho para cortar caminho até a Periferia.

No fim do nosso gramado havia uma tela de folhas. Ao pressioná-la, chegávamos à Estrada da Periferia, que contornava o interior da redoma da Cidade da Noite. Depois de atravessar a estrada, havia uma área estranha, selvagem, que não tinha mais de quinze metros de profundidade, uma faixa de selva entre a estrada e a redoma. Moitas, poeira, plantas desgarradas, lixo. Era um lugar esquecido. Nossa mãe não gostava que brincássemos ali, por isso Zoey nunca tinha se aventurado a atravessar a Estrada da Periferia — ela sempre fazia o que mandavam, o que eu achava enlouquecedor —, mas eu gostava daquele ambiente selvagem, da leve sensação de perigo inerente a um reino esquecido. Naquele dia, após a escola, atravessei a estrada vazia pela primeira vez em semanas e fiquei um tempo pressionando a redoma com as mãos, olhando para fora. O vidro compósito era tão grosso que tudo que havia do outro lado parecia um sonho, distante de um jeito abafado, mas vi crateras aqui e ali, meteoros, cinza. A redoma opaca da Colônia Um reluzia ali perto. Eu me peguei pensando no que Talia Anderson pensava quando olhava para a paisagem lunar.

Talia Anderson foi transferida da minha classe e foi embora da vizinhança no meio do ano. Só tornei a vê-la aos 30 e poucos anos, quando nós dois éramos funcionários do hotel Grand Luna, na Colônia Um.

Comecei a trabalhar no hotel cerca de um mês depois que minha mãe faleceu. Ela estava doente havia muito tempo, anos, e no final Zoey e eu vivíamos no hospital. Na última semana, ficamos lá dia e noite, companheiros exaustos de vigília, enquanto nossa mãe murmurava e dormia. A morte era questão de tempo, apesar de ter sido mais tempo do que os médicos haviam previsto. Nossa mãe trabalhava nos correios desde quando éramos pequenos, mas nas horas derradeiras acreditava estar de volta a um laboratório de física, fazendo trabalhos de pós-doutorado, murmurando sobre equações e a hipótese de simulação.

— Você entende o que ela está falando? — perguntei a Zoey a certa altura.

— A maior parte — disse ela.

Naquelas horas, Zoey ficava sentada à cabeceira da cama de olhos fechados, ouvindo as palavras de nossa mãe como se fossem música.

— Consegue me explicar? — Eu me sentia como se estivesse do lado de fora de um clube secreto, o nariz espremido contra o vidro.

— A hipótese de simulação? Claro. — Ela não abriu os olhos. — Pense em como os hologramas e a realidade virtual evoluíram, mesmo nos últimos anos. Se hoje conseguimos realizar simulações bastante convincentes da realidade, imagine como serão essas simulações daqui a um ou dois séculos. A ideia por trás da hipótese de simulação é que não podemos descartar a possibilidade de que toda a realidade seja uma simulação.

Eu estava acordado havia dois dias e tinha a sensação de estar sonhando.

— Mas se nós estamos vivendo em um computador — argumentei —, de quem é o computador?

— Vai saber. De seres humanos do futuro, a alguns séculos daqui? De uma inteligência alienígena? Essa não é uma teoria corrente, mas volta e meia vem à tona no Instituto do Tempo. — Ela abriu os olhos. — Meu Deus, finge que eu não falei isso. Estou cansada. Eu não devia ter falado isso.

— Fingir que você não disse o quê?

— A parte do Instituto do Tempo.

— Tudo bem — assenti, e ela voltou a fechar os olhos.

Também fechei os meus. Nossa mãe tinha parado de murmurar e agora ouvíamos apenas respirações sofridas, com intervalos grandes demais entre uma e outra.

Quando o fim chegou, Zoey e eu estávamos dormindo. Ela me acordou na fraca luz cinza do início da manhã e ficamos um bom tempo sentados em silêncio, em reverência, diante da figura inerte de nossa mãe em cima da cama. Tratamos das formalidades, nos despedimos com um abraço, seguimos cada um o próprio caminho. Voltei para casa, para o meu apartamento pequeno, e durante alguns dias só falei com meu gato. Houve o enterro, depois mais silêncio. Eu precisava de um novo emprego — fazia tempo que não tinha nenhum, e estava consumindo minhas economias —, e, portanto, um mês após o enterro, me vi no porão do hotel, no escritório da chefe dos Recursos Humanos, uma mulher de cabelo louro que me parecia vagamente familiar. Aceitei um cargo anunciado como de "detetive de hotel", mas cujas atribuições exatas eram incertas.

— Para ser totalmente franco — disse a ela —, não entendi muito bem o que é um detetive de hotel.

— É só um segurança — explicou ela, e percebi que havia esquecido o seu nome. Natalie? Natasha? — O nome do cargo não foi ideia minha. Você não vai ser um detetive de verdade. Só um segurança, por assim dizer.

— Quero ter certeza de que não estou dando uma falsa impressão — prossegui. — Larguei os estudos a poucos meses de me formar em justiça penal.

— Podemos ser sinceros aqui, Gaspery?

Sem dúvida, algo nela me parecia familiar.

— Por favor.

— Sua função é prestar atenção ao que acontece ao redor e ligar para a polícia caso perceba algo suspeito.

— Isso eu posso fazer.

— Você me parece hesitante — apontou ela.

— Não estou hesitante por mim. Quer dizer, não tenho dúvida de que poderia exercer essa função. É que eu... Esse cargo não poderia ser ocupado por qualquer um?

— Você ficaria surpreso se soubesse como é difícil achar alguém realmente atento — explicou ela. — A distração é um problema, em termos gerais. Lembra do teste que você teve que fazer na primeira entrevista?

— Claro.

— Foi para medir seu grau de atenção. Sua nota foi alta. Você concorda com esse resultado? Sabe prestar atenção?

— Sim — concordei.

Fiquei contente ao dizer isso, pois nunca havia pensado em mim mesmo desse jeito. De qualquer forma, eu tinha impressão de ter passado a vida inteira prestando muita atenção. Não fora bem-sucedido em muitas coisas, mas sempre fui bom observador. Foi assim que soube que minha ex-mulher tinha se apaixonado por outra pessoa. Não havia pistas óbvias, só uma mudança sutil no... Mas a mulher do RH voltou a falar, por isso me apressei em deixar o passado para trás.

— Espera aí — disse eu. — Eu te conheço.

— De antes de hoje?

— Talia — falei.

Algo mudou no rosto dela. Uma máscara caiu. A voz ficou diferente quando ela tornou a falar, menos entretida com o mundo.

— Eu agora uso Natalia, mas sim. — Ela passou um instante em silêncio, olhando para mim. — Nós estudamos juntos na escola, não foi?

— O fim do beco sem saída — disse eu, e pela primeira vez, durante a entrevista, ela abriu um sorriso genuíno.

— Eu ficava horas a fio na Periferia — contou ela —, olhando para fora do vidro.

— Você às vezes volta lá? Na Cidade da Noite?

— Nunca — disse ela.

3

Nunca para a Cidade da Noite. Como tinha um ritmo que me agradava, a frase se alojou na minha cabeça. Vira e mexe eu pensava nela durante as minhas primeiras semanas no emprego, que era mortalmente tedioso. O hotel tinha ambições retrô, portanto eu usava um terno de corte num estilo antigo e na cabeça, um acessório de formato peculiar chamado chapéu de feltro. Perambulava pelos corredores e ficava de vigia no saguão. Prestava atenção a tudo e a todos, conforme havia sido instruído a fazer. Sempre tinha gostado de observar os outros, mas as pessoas nos hotéis se revelavam surpreendentemente maçantes. Faziam check-in e check-out. Apareciam no saguão em horários estranhos, pedindo café. Estavam bêbadas ou não. Viajavam a negócios ou eram famílias de férias. Estavam cansadas e estressadas por conta da viagem. Tentavam entrar com cachorros escondidos. Nos primeiros seis meses só precisei chamar a polícia uma vez, quando ouvi uma mulher gritar em um dos quartos, e mesmo assim não fui eu quem deu o telefonema: liguei para o gerente da noite, que ligou para a polícia. Eu não estava lá quando a mulher foi levada pelos paramédicos.

A função era silenciosa. Minha mente vagava. *Nunca para a Cidade da Noite*. Como tinha sido a vida de Talia? Não muito boa, era óbvio, qualquer idiota perceberia. Algumas famílias são melhores que outras. Quando a família dela se mudou da casa de Olive Llewellyn, outra se instalou ali, mas me dei conta de que não conseguia me lembrar dessa outra família para além de uma impressão geral de desamparo. No hotel, eu só via Talia de vez em quando, passando pelo saguão a caminho de casa.

Nessa época, eu morava em um apartamento pequeno e insípido em um bloco com outros apartamentos pequenos e insípidos na extremidade da Colônia Um, tão perto da Periferia que a redoma quase encostava no telhado do condomínio. Às vezes, nas noites escuras, eu gostava de atravessar a rua em direção à Periferia, para olhar através do vidro compósito a Colônia Dois cintilando ao longe. Minha vida àquela altura era tão insípida e limitada quanto meu apartamento. Eu tentava não pensar muito na minha mãe. Passava os dias dormindo. Meu gato sempre me acordava no fim da tarde. Por volta do anoitecer, eu fazia uma refeição que poderia muito bem ser chamada tanto de jantar quanto de café da manhã, vestia o uniforme e ia para o hotel observar as pessoas durante sete horas.

Fazia cerca de seis meses que eu estava no hotel quando minha irmã completou 37 anos. Zoey era física na universidade e sua área de especialização tinha algo a ver com a tecnologia quântica de corrente plana articulada, que nunca fui capaz de entender, embora ela tivesse feito várias tentativas bem-intencionadas de explicar para mim. Liguei para lhe desejar feliz aniversário e me dei conta, uma fração de segundo antes de ela atender, que eu não lhe dera os parabéns por ter sido efetivada como titular. Quando tinha sido, um mês atrás? Senti um tipo de culpa bastante familiar.

— Feliz aniversário — falei. — E também meus parabéns.

— Obrigada, Gaspery.

Ela nunca dava importância aos meus lapsos, e eu não conseguia decifrar totalmente por que isso me deixava com uma sensação tão ruim. Existe uma dorzinha específica em ter que aceitar que seus entes queridos precisam de certa generosidade de espírito para aturá-lo.

— Como é?

— Ter 37? — Ela parecia cansada.

— Não, ser titular. Dá uma sensação diferente?

— Dá uma sensação de estabilidade — respondeu ela.

— Então, quais são seus planos para o aniversário?

Ela passou um instante calada.

— Gaspery, será que você poderia vir ao meu escritório esta noite?

— Claro — respondi. — Claro.

Quando é que ela havia me chamado a seu escritório antes? Só uma vez, anos atrás, logo depois de assumir o cargo. A universidade não ficava muito longe do meu apartamento, mas ao mesmo tempo era, em essência, um universo diferente. Quando eu tinha visto minha irmã pela última vez? Fazia alguns meses, me dei conta.

Avisei no trabalho que estava doente e fiquei um tempo deitado no sofá para aproveitar minha liberdade repentina. Marvin, meu gato, subiu no meu peito, onde esticou as patas e adormeceu ronronando. A noite se estendia à minha frente, todas aquelas horas de ócio magnífico reluzindo de possibilidades. Eu me desvencilhei de Marvin, tomei banho e vesti roupas boas, parei em uma confeitaria para comprar quatro cupcakes — red velvet, que eu esperava que ainda fosse o predileto de Zoey — e às sete da noite o sol estava se pondo em uma enxurrada de tons de laranja e rosa na outra extremidade da redoma. Fazia um ano que eu morava na Colônia Um, e a iluminação da redoma ainda me parecia um teatro. Será que os cupcakes bastavam? Deveria comprar flores? Comprei um buquê de uma flor pouco vistosa e amarela, e cheguei ao portão do Instituto do Tempo às sete e meia. Tirei os óculos escuros para o escaneamento da íris e ainda estava segurando-os na mão, sem jeito, seis escaneamentos de íris depois, quando me deparei com Zoey andando de um lado para outro no escritório. Ela não parecia estar celebrando o aniversário. Pegou as flores com um ar distraído, e percebi pela maneira como as colocou em cima da mesa que as esqueceu na mesma hora. Fiquei me perguntando se alguém teria acabado de terminar com ela, mas a vida romântica de Zoey sempre fora assunto proibido.

— Ah, graças a Deus — disse ela quando lhe ofereci um cupcake. — Me esqueci totalmente de jantar.

— Você parece agitada.

— Posso te mostrar uma coisa?

— Claro.

Ela tocou em um console discreto na parede do escritório e uma projeção tomou metade da sala. Havia um homem no palco, cercado por algumas máquinas grandalhonas e antigas, instrumentos inescrutáveis. Acima da cabeça dele havia uma tela antiquada, um retângulo branco pairando à meia-luz. Tive impressão de que a cena que víamos era bastante antiga.

— Uma amiga me mandou isso — contou Zoey. — Ela trabalha no departamento de história da arte.

— Quem é ele? O cara da projeção.
— Paul James Smith. Um compositor e videoartista do século XXI.

Assim que ela apertou o play, o recinto foi tomado por sons de trezentos anos antes, uma música de um gênero vago, cambiante. Ambient music, imaginei. Não sabia muito de música, mas achei a composição do sujeito um tantinho irritante.

— Pronto — disse ela —, agora presta atenção na tela branca acima dele.

— O que eu tenho que procurar? A tela está branca.
— Observe.

A tela adquiriu vida. O vídeo tinha sido gravado em uma floresta da Terra. A qualidade era irregular: o cinegrafista caminhava por uma trilha na mata, em direção a uma enorme árvore frondosa, uma espécie terrestre que não brotava nas colônias. A música parou e o homem olhou para a tela acima dele. A tela ficou preta. Havia uma estranha cacofonia de ruídos — as notas de um violino, o murmúrio indistinto de uma plateia, o *ushhh* de um dirigível decolando —, e então acabou, a floresta estava de volta, e por um momento a imagem ficava vertiginosa, como se o cinegrafista tivesse se esquecido da câmera na mão. A floresta sumia, mas a música continuava.

— Escuta com atenção — disse Zoey. — Olha como a música mudou. Percebeu que as notas do violino do vídeo estão na música de Smith? A mesma frase principal, o refrão de cinco notas?

Eu não tinha percebido, mas então me dei conta.

— Sim. Que importância tem isso?

— É que isso significa que... essa estranheza, essa falha, seja lá o que for isso, fazia parte da apresentação. Não era um problema técnico. — Ela parou o vídeo. Sua inquietude não fazia sentido para mim. — Continua assim — disse ela —, mas o resto da apresentação é desinteressante.

— Você pediu que eu viesse aqui para me mostrar isso — afirmei, só para conferir.

— Preciso falar sobre isso com alguém em quem eu confie. — Zoey pegou o aparelho dela e ouvi o meu apitar com a chegada de um documento.

Ela havia me mandado um livro: *Marienbad*, de Olive Llewellyn.

— O romance preferido da mamãe — constatei.

Pensei na nossa mãe lendo na varanda ao anoitecer.

— Você já leu, Gaspery?

— Nunca fui muito de ler.

— Pula direto para o trecho marcado e me diz se você não percebe nada.

Era desnorteante pular para o meio de um livro que eu nunca tinha lido. Comecei alguns parágrafos antes da passagem que ela destacara:

Sabíamos que estava vindo.

Sabíamos que estava vindo e nos preparamos à altura, ou pelo menos foi o que dissemos aos nossos filhos — e a nós mesmos — nas décadas seguintes.

Sabíamos que estava vindo, mas não acreditamos de verdade, portanto nos preparamos de um jeito comedido, reservado...

— Por que uma prateleira cheia de peixe em conserva? — perguntou Willis ao marido, que fez uma declaração vaga sobre estar preparado para emergências...

... Por causa daquele horror antigo, de uma irracionalidade vexaminosa demais para ser enunciada em voz alta: se você disser o nome da coisa que teme, talvez atraia a atenção dessa coisa? É difícil admitir, mas naquelas primeiras semanas éramos vagos quanto aos nossos medos porque dizer a palavra "pandemia" poderia fazer a pandemia se voltar contra nós.

Sabíamos que estava vindo e encaramos com despreocupação. Desviamos do medo com bravatas desleixadas. No dia em que foram divulgadas notícias de uma série de casos em Vancouver, o que aconteceu três dias depois de o primeiro-ministro britânico anunciar que o surto inicial em Londres estava totalmente contido, Willis e Dov foram trabalhar como sempre, os filhos, Isaac e Sam, foram para a escola, e então os quatro se encontraram para jantar no restaurante predileto deles, que naquela noite estava lotado. (Em retrospecto, um tantinho de filme de terror: imagine nuvens de patógenos invisíveis flutuando no ar, de mesa em mesa, rodopiando no encalço dos garçons que passavam.)

— Se está em Vancouver, é óbvio que está aqui — disse Dov.

— Eu apostaria alto nisso — declarou Willis, e em seguida repôs água no copo de Dov.

— O que está em Vancouver? — perguntou Isaac, que tinha 9 anos.

— Nada — disseram eles em uníssono, e não sentiram culpa nenhuma porque não parecia mentira.

Pandemias não chegavam feito guerras, com o baque distante da artilharia ficando cada dia mais alto e lampejos de bombas no horizonte. Elas chegam *em retrospecto*, basicamente. É desnorteante. A pandemia está muito longe e em seguida está por todos os lados, aparentemente sem fase intermediária.

Dov, ensaiando as falas diante do espelho do quarto depois que o teatro comunitário fechou:

— Esta é a terra prometida?

Sabíamos que estava vindo, mas nosso comportamento não condizia em nada com a situação. Estocamos suprimentos — por via das dúvidas —, mas mandamos nossos filhos para a escola, porque, afinal, como conseguiríamos trabalhar com as crianças em casa?

(Ainda estávamos pensando em termos de conseguir trabalhar. A coisa mais chocante em retrospecto foi o quanto todos nós erramos totalmente o alvo.)

— Meu Deus — disse Willis alguns dias antes de as escolas serem fechadas, mas depois que as manchetes já tinham começado a surgir —, isso tudo parece tão retrô.

— Eu sei — respondeu Dov.

Ambos estavam na faixa dos 40 anos, ou seja, tinham idade para se lembrar do Ebola X, mas aquelas sessenta e quatro semanas de confinamento haviam desaparecido no domínio nebuloso das memórias infantis, um período nem horrível nem agradável, meses povoados por desenhos animados e amigos imaginários. Não dava para chamá-lo de ano perdido porque tinha havido momentos bons. Os pais tinham sido competentes o bastante para blindá-los do horror, ou seja, havia solidão, mas nada insuportável. Havia muito sorvete e tempo extra de tela. Ficaram todos contentes quando terminou, mas, passados alguns anos, eles já não pensavam muito no assunto.

— O que significa *retrô*? — perguntou Sam.

Enquanto Willis fitava o filho caçula, de fato lhe passou pela cabeça — mais tarde ele se apegaria a isso — que talvez a escola não fosse uma boa ideia. No entanto, o velho mundo ainda não tinha escapulido, por isso, de manhã, ele arrumou as lancheiras de Sam e de Isaac e os deixou no colégio, recuou até onde o sol batia e pegou um transporte rumo ao terminal de dirigíveis. Só uma manhã qualquer sob o inofensivo céu azul.

No terminal, parou para ouvir um músico, um violinista que tocava por uns trocados em um dos cavernosos corredores da entrada. O tal senhor tocava de olhos fechados, as moedinhas se acumulando em um chapéu aos pés dele. O violino parecia antigo — parecia ser de madeira legítima —, e Willis não era nem de longe um especialista em acústica, mas teve a impressão de que havia uma opulência no som. Ele estava escutando a música, a forma como ela se elevava acima dos sussurros do movimento matinal dos trabalhadores, mas então…

… um lampejo de escuridão, uma luz súbita e estranha…

… uma alucinação fugaz de uma floresta, ar fresco, árvores se erguendo ao redor, um dia de verão…

… e então estava de volta ao terminal de dirigíveis de Oklahoma City, no branco gélido do corredor da entrada oeste, piscando os olhos, desorientado. *Fui tomado por alguma coisa*, viu-se pensando, mas isso não explicava nada, pois *o quê* o tinha tomado? Aquele lampejo de escuridão, depois a floresta se erguendo ao redor dele, o que era aquilo?

A ideia lhe veio de repente: vida após a morte.

A escuridão era a morte, disse ele a si mesmo. A floresta era o depois.

Willis não acreditava realmente em vida após a morte, mas acreditava no subconsciente, acreditava em saber sem saber conscientemente, e quase sem se dar conta começou a andar na direção errada, se afastando do percurso que tinha que fazer para chegar ao trabalho. Só soube para onde estava indo quando se viu diante da porta da escola dos filhos.

— Mas por que você está tirando seus filhos da escola? — perguntou a diretora. — Eu tenho acompanhado de perto as notícias, Willis, e tem só alguns poucos casos em Vancouver.

Fechei o arquivo e enfiei o aparelho no bolso, com uma inquietude que não era capaz de explicar.
— Você percebeu? — perguntou Zoey. — Como o vídeo espelha o trecho do livro?
Eu havia percebido. Uma pessoa em uma floresta no século XXI vê um lampejo de escuridão e ouve barulhos de um terminal de dirigíveis de dois séculos depois. Uma pessoa em um terminal de dirigíveis no século XXIII vê um lampejo de escuridão e é tomada pela sensação acachapante de estar em uma floresta.
— Ela pode ter assistido ao vídeo — sugeri. — Quero dizer, Olive Llewellyn. Ela pode ter assistido e dado um jeito de botar isso no livro. — Eu estava satisfeito com essa sugestão.
— Eu pensei nisso — disse Zoey. *É claro que pensou*, eu não disse em voz alta. Essa era a grande diferença entre nós: Zoey sempre pensava em tudo. — Mas tem outra coisa.

Minha equipe passou o último mês pesquisando a região onde o compositor foi criado, e esta tarde nós achamos uma carta. — Ela vasculhava os arquivos na projeção, mas, como estava no modo de privacidade, do meu ângulo a impressão era a de estar mexendo a mão entre nuvens. — Aqui — anunciou ela.

Uma projeção surgiu no ar entre nós dois. Era um documento escrito a mão em um alfabeto estrangeiro.

— O que é isso?

— Acho que pode ser uma evidência comprobatória. É uma carta — disse ela. — De 1912.

— Que alfabeto é esse? — indaguei.

— É sério?

— Por quê? Eu deveria ser capaz de ler isso? — Olhei mais de perto e reconheci uma palavra. Não, duas. Era quase inglês, mas a letra era curva e inclinada: havia certa beleza nela, mas as letras eram malformadas. Seria um protótipo do inglês?

— Gaspery, é letra cursiva — respondeu Zoey.

— Não sei o que isso quer dizer.

— Tudo bem — disse com a paciência enlouquecedora que eu já esperava dela. — Vou trocar pelo áudio.

Zoey mexeu em alguma coisa nas nuvens e uma voz masculina encheu o ambiente.

Bert,

Obrigado pela amável carta de 25 de abril, que cruzou o Atlântico e o Canadá em um ritmo de lesma e chegou às minhas mãos somente esta tarde.

Como estou, você pergunta? A resposta franca, meu irmão, é que não tenho certeza. Isto lhe vem de um cômodo à luz de velas em Victoria — espero que você perdoe o toque de melodrama, mas sinto que fiz por merecê-lo —, onde há uma pensão agradável em que estou hospedado. Desisti de qualquer possibilidade de me estabelecer nos negócios e desejo apenas voltar para casa, mas este é um exílio confortável e minha remessa supre minhas necessidades cotidianas.

Minha estada aqui tem sido muito esquisita. Não, não é exatamente isso. Minha estada aqui tem sido um bocado desinteressante — culpa minha, não do Canadá —, a não ser por um estranho interlúdio na selva, que vou tentar narrar. Parti de Victoria rumo ao norte com um amigo de Niall dos tempos de escola, Thomas Maillot, cujo sobrenome devo estar escrevendo errado. Durante dois ou três dias subimos a costa rumo ao norte em um barco a vapor muito arrumadinho, sobrecarregado com provisões, até enfim chegarmos a Caiette, um vilarejo formado por uma igreja, um píer, uma escola de um só ambiente e um punhado de casas. Thomas seguiu viagem até o acampamento de uma madeireira ali perto, subindo um pouco mais a costa. Decidi ficar mais um tempo na pensão de Caiette para aproveitar a beleza do lugar.

Certa manhã, no começo de setembro, me aventurei pela floresta, por razões tão entediantes que nem vale a pena narrar, e, depois de dar alguns passos, me deparei com um bordo. Parei ali por um momento, a fim de tomar fôlego, e então ocorreu algo que na época me pareceu sobrenatural, mas que em retrospecto talvez tenha sido uma espécie de síncope.

Eu estava ali na floresta, debaixo do sol, e de repente a escuridão tomou conta de tudo, tão abrupta como se a vela de uma sala tivesse se apagado, e na escuridão ouvi notas de violino, um barulho inescrutável, e junto a estranha impressão de estar em um ambiente fechado, sei lá como, um espaço cavernoso e ecoante como uma estação de trem. Então a escuridão se desfez e eu estava de volta à floresta. Era como se nada tivesse acontecido. Voltei para a praia cambaleando e tive um acesso de vômito brutal nos rochedos. Na manhã seguinte, preocupado com meu bem-estar e decidido a abandonar aquele lugar e voltar a um simulacro qualquer de civilização, dei início ao meu regresso à pequena cidade de Victoria, onde permaneço.

Tenho um quarto bastante confortável na pensão junto ao porto e me distraio com caminhadas, livros, xadrez e a pintura de uma ou outra aquarela. Como você sabe, sempre gostei de jardins, e há aqui um jardim público onde encontro grande consolo. Não quero preocupar ninguém, mas consultei um médico e ele está bastante seguro do diagnóstico de enxaqueca. Parece-me um tipo peculiar de enxaqueca que não implica dor de cabeça, mas acho que vou aceitar o diagnóstico em vez de procurar outra explicação. No entanto, não consigo esquecer esse episódio, e a lembrança me inquieta.

Espero que você esteja bem, Bert. Por favor, transmita minha afeição e respeito também à mamãe e ao papai.

Com amor,
Edwin

O áudio foi interrompido. Zoey passou a projeção para o lado na parede e veio se sentar a meu lado. Tinha um ar de tristeza que eu nunca tinha visto.

— Zoey, você me parece mais chateada do que... Não sei se entendi direito.

— Que sistema operacional você usa no seu aparelho?

— Zéfiro — respondi.

— Eu também. Você se lembra daquele bug esquisito que o Zéfiro teve há uns dois anos, que durou só um ou dois dias, em que às vezes você abria um arquivo de texto e ouvia a última música que tinha escutado no aparelho?

— Lembro. Era irritante. — Eu só me lembrava vagamente.

— Eram arquivos corrompidos.

Senti que ela falava de algo grande e terrível, mas que eu não conseguia compreender plenamente.

— Você está dizendo...

Com os cotovelos na mesa, Zoey repousava a testa nas mãos enquanto falava.

— Se momentos de séculos diferentes estão vazando uns nos outros, então, bem, uma forma de encará-los, Gaspery, é pensar neles como arquivos corrompidos.

— Como é que um momento se equipara a um arquivo?

Ela ficou imóvel.

— Apenas imagine que seja assim.

Tentei. Uma série de arquivos corrompidos; uma série de momentos corrompidos; uma série de coisas distintas vazando umas nas outras quando isso não deveria acontecer.

— Mas se momentos são arquivos...

Não consegui terminar a frase. Agora o ambiente em que estávamos me parecia bem menos real do que um instante antes. *A mesa é real*, disse a mim mesmo. *As flores murchas na mesa são reais. A tinta azul nas paredes. O cabelo de Zoey. Minhas mãos. O tapete.*

— Agora você entende por que eu não quis sair para comemorar meu aniversário — disse ela.

— É que... Escuta, eu concordo que é bizarro, mas a gente está falando do negócio da mamãe, né? O troço de simulação?

Ela suspirou.

— Acredite, essa ideia me passou pela cabeça. É bem possível que meu raciocínio esteja turvo. Você sabe que ela é a razão para eu ter virado cientista.

Eu fiz que sim.

— E escuta — prosseguiu ela —, eu sei que é tudo circunstancial, não sou doida. Trata-se apenas de uma série de descrições de uma experiência bizarra. Mas a *coincidência*, Gaspery, o fato de que esses momentos parecem vazar uns nos outros, eu não tenho como não encarar isso como uma evidência.

4

Se estivéssemos vivendo em uma simulação, como saberíamos disso? Peguei o bonde da universidade para casa às três da madrugada. Na luz quente do veículo, fechei os olhos e me assombrei com os detalhes. A vibração delicada do bonde em sua almofada de ar. Os barulhos — o sussurro quase imperceptível do movimento, as conversas baixinhas aqui e ali, as notas metálicas de um jogo que escapavam de algum aparelho. *Estamos vivendo em uma simulação*, disse a mim mesmo, sondando a ideia, mas ela ainda me parecia improvável, porque eu sentia o cheiro do buquê de rosas amarelas que a mulher sentada a meu lado segurava com cuidado entre as mãos. *Estamos vivendo em uma simulação*, mas estou com fome, então deveria acreditar que isso também é uma simulação?

— Não estou falando que essas coisas sejam uma prova definitiva de que estamos vivendo em uma simulação — dissera Zoey, uma hora antes, em seu escritório. — Estou falando apenas que temos dados suficientes para justificar uma investigação.

Como investigar a realidade? Minha fome é uma simulação, disse a mim mesmo, mas eu queria um cheeseburger. Cheeseburgers são simulações. Bifes são simulações. (De fato, isso era literalmente verdade. Matar um animal para comer é motivo para cadeia tanto na Terra quanto nas colônias.) Abri os olhos e pensei: *As rosas são simulações. O cheiro das rosas é uma simulação.*

— E como seria essa investigação? — perguntei a ela.

— Acho que seria oportuno visitar todos esses momentos — esclareceu Zoey. — Falar com o sujeito que escreveu a carta em 1912, o videoartista em 2019 ou 2020 e a romancista em 2203.

Eu me lembrei das matérias de jornal da época em que a viagem no tempo foi inventada e logo em seguida declarada ilegal fora das instalações do governo. E do capítulo de um livro-texto de criminologia dedicado ao pesadelo quase aniquilante da chamada Espiral Rosa, quando a história foi alterada vinte e sete vezes, até o viajante embusteiro ser tirado de serviço e desfazerem o estrago que ele fez. Eu sabia que cento e quarenta e uma das duzentas e cinco pessoas que cumpriam pena de prisão perpétua na Lua tinham sido condenadas por tentarem viajar no tempo. Se tinham ou não conseguido, não importava: a mera tentativa bastava para que o sujeito ficasse o resto da vida na cadeia.

— Gaspery — disse Zoey —, não estou entendendo por que você está com essa cara de espanto. O que a placa do prédio diz?

— Instituto do Tempo — admiti.
Ela me olhou.

— Eu achava que você fosse física — falei.

— Bom... e eu sou — respondeu ela.

Havia um abismo de conhecimento e realização do tamanho do sistema solar na pausa que ela fez entre as palavras. Percebi aquele velho tom gentil, aquela sensação familiar de que estava sendo generosa comigo. Nem todo mundo é um gênio, eu quis lhe dizer, mas já tínhamos tido essa conversa quando éramos adolescentes e ela havia acabado mal, portanto me calei.

Estamos vivendo em uma simulação, disse a mim mesmo quando o bonde parou a um quarteirão do meu prédio, mas essa ideia não me parecia ter nenhuma... bem, *concretude*, na falta de uma palavra melhor. Eu não conseguia me convencer. Não podia acreditar. Havia um aguaceiro programado para cair — consultei o relógio — dali a dois minutos. Desci do bonde e andei bem devagar, de propósito. Sempre tinha gostado de chuva, e saber que ela não viria das nuvens não me fazia gostar menos dela.

5

Nas semanas seguintes, tentei me reaclimatar ao ritmo da vida. Eu me levantava às cinco da tarde no meu apartamento minúsculo, cozinhava ouvindo música, alimentava o gato, ia para o trabalho a pé ou de bonde. Chegava ao hotel às sete da noite e ficava olhando o saguão por trás dos óculos escuros — a maioria dos funcionários não usava óculos escuros, mas, como eu era um nativo da Cidade da Noite, com sensibilidade à luz e intolerância ao clarão difuso da redoma, tinha uma licença especial do RH — e pensando em todas as coisas à minha volta que podiam não ser reais. A pedra do assoalho do saguão. O tecido das minhas roupas. Minhas mãos. Os óculos. Os passos da mulher que atravessava o saguão.

— Boa noite, Gaspery — disse a mulher.
— Talia. Oi.
— Você parecia bastante concentrado no assoalho.
— Posso te fazer uma pergunta muito sem sentido?
— Por favor — disse ela. — Meu dia foi uma chatice.
— Você às vezes pensa na hipótese de simulação?

Eu achava que valia a pena perguntar. Era só nisso que eu pensava.

Ela ergueu as sobrancelhas.

— É a ideia de que poderíamos estar vivendo em uma simulação, né?

— Isso.

— Para falar a verdade, sim. Eu já pensei nisso. Não acredito que estejamos vivendo em uma simulação. — Talia olhava para algo atrás de mim, além do saguão, na rua. — Sei lá, talvez seja ingenuidade minha, mas acho que a simulação seria melhor, entende? Se você fosse se dar ao trabalho de simular essa rua, por exemplo, por que não botar todos os postes de luz para funcionar?

A luz dos postes do outro lado da rua tremeluzia havia algumas semanas.

— Entendo seu argumento.

— Bom, seja como for — disse Talia —, boa noite.

— Boa noite.

Retomei o exercício de reparar em tudo e dizer a mim mesmo que nenhuma das coisas que percebia era real, mas agora estava distraído com o argumento dela. Uma coisa sobre a qual ninguém falava naquela época era a decadência das colônias lunares. Acho que todos nós sentíamos certa vergonha disso.

— É, acho que dá para dizer que o glamour passou — disse Zoey quando a vi mais tarde naquela noite.

Como meu expediente terminava às duas da madrugada, liguei para perguntar se podia ir vê-la. Sabia que estaria acordada, pois ela tampouco tinha feito a transição integral da Cidade da Noite e, assim como eu, preferia passar a noite em claro, além de estar tirando alguns dias de folga.

Logo, peguei o bonde até o prédio dela. Eu só tinha estado naquele apartamento poucas vezes, e me esquecera de quanto era escuro. Ela havia pintado as paredes de um tom intenso de cinza. Tinha uma coleção de livros de papel, à moda antiga, a maioria de história, e um quadro emoldurado na parede que fizemos juntos quando éramos pequenos. Fiquei comovido. Tínhamos 4 e 6 anos, algo assim, e o pintamos com nossas próprias mãos: um menino e uma menina de mãos dadas debaixo de uma árvore de cores exuberantes.

— Onde foi parar o glamour? — indaguei.

Ela havia me servido um copo generoso de uísque, que eu bebericava devagarinho porque nunca tive muita tolerância ao álcool. Ela já estava no segundo copo.

— Nas colônias mais novas, imagino. Titã. Europa. As Colônias Distantes.

Estávamos à mesa da cozinha. Ela morava em frente ao Instituto do Tempo, que eu conhecia do ponto de vista intelectual, mas sem assimilá-lo por completo. O que Zoey tinha? Fora muito próxima da nossa mãe, e agora que ela falecera, o que restava a Zoey era o trabalho. O trabalho e quase nada mais, ao que tudo indicava, mas quem era eu para julgar. Eu me recostei na cadeira, olhando para além do telhado do Instituto do Tempo, para as torres luminescentes mais ao longe. Será que eu poderia emigrar para as Colônias Distantes? Que ideia fantástica. Mas é claro que o pensamento que veio em seguida foi: *Se estamos vivendo em uma simulação, as Colônias Distantes tampouco são reais.*

— O que aconteceu com eles? — perguntei. — Com o homem que escreveu a carta no século XX, Edwin sei lá o quê, e com a Olive Llewellyn?

Zoey tinha, sabe-se lá como, terminado o segundo copo — eu ainda estava na metade do primeiro — e se serviu de uma terceira dose.

— O que escreveu a carta foi para a guerra, voltou destruído para a terra natal dele, a Inglaterra, e morreu em um hospício. Olive Llewellyn morreu na Terra. Uma pandemia surgiu quando ela estava lá, fazendo a turnê de lançamento de um livro.

— Zoey, sua investigação já começou? — perguntei.

— Mais ou menos. As discussões preliminares estão em curso. A burocracia em torno das viagens é imensa.

— Você vai para... Você vai ser a pessoa que vai viajar?

— Eu quase larguei o Instituto do Tempo uns anos atrás — contou ela. — Concordei em continuar sob a condição de nunca mais ter que viajar.

— Você viajou *no tempo* — constatei, e meu assombro com minha irmã, naquele momento, era infinito. — Para onde você foi?

— Não posso falar sobre isso. — A expressão dela era sinistra.

— Não pode pelo menos me dizer por que não quer mais viajar? Acho que seria...

— Você acha que seria interessante — completou ela. — E é. No começo é fascinante. É um portal para um outro mundo.

— É, foi assim que eu imaginei.

— Mas antes de uma viagem, Gaspery, às vezes é preciso passar dois anos fazendo pesquisa. Quando viaja até certa altura do tempo, você vai para investigar alguma coisa específica, e antes lê sobre todo mundo com quem pode acabar esbarrando. Tem gente no Instituto do Tempo, centenas de funcionários, cuja única função é pesquisar pessoas que morreram há muito tempo e fazer dossiês para os viajantes, cuja tarefa, por sua vez, é estudar esses dossiês até saber tudo que está neles. — Ela parou para tomar um gole. — Então, Gaspery, imagine a seguinte cena: você entra em uma festa, em uma época muito antiga, e sabe exatamente como e quando cada uma das pessoas que estão ali vai morrer.

— Que sinistro — admiti.

— E alguns deles vão ter mortes totalmente evitáveis, Gaspery. Você pode estar conversando com uma mulher que, digamos, tenha filhos pequenos e saber que ela vai se afogar num piquenique na terça-feira seguinte, mas como você não pode bagunçar a linha do tempo, a única coisa que você não pode de jeito algum dizer a ela é "não vá nadar na semana que vem". Você precisa deixar que ela morra.

— Você não pode tirar ela da água.

— Isso.

Durante um tempo, eu não soube muito bem o que dizer, então fiquei apenas olhando os telhados e as torres pela janela e me questionando se deixar alguém morrer pelo bem da linha do tempo era algo que eu seria capaz de fazer. Zoey bebia em silêncio.

— O trabalho exige um nível de indiferença quase desumano — disse ela por fim. — Eu disse *quase*? Não é *quase* desumano, é desumano *de verdade*.

— Então alguém vai ter que viajar no tempo para investigar — concluí —, mas não vai ser você.

— Vão ser várias pessoas, mas não sei quem. Não é exatamente um trabalho benquisto.

— Me manda — pedi, pois o que eu estava pensando naquele momento era que a mulher hipotética que se afogaria na terça-feira seguinte iria se afogar de qualquer jeito.

Ela me encarou, surpresa. Duas manchas rosadas tinham aparecido nas bochechas de Zoey, mas de resto ela me parecia totalmente sóbria.

— De jeito nenhum.

— Por que não?

— Primeiro, porque é uma missão muitíssimo perigosa. Segundo, você não é qualificado.

— Que tipo de formação eu precisaria ter para voltar no tempo e conversar com as pessoas? É essa a ideia, não é? Quais são as qualificações exigidas?

— Existe uma enxurrada de testes psicológicos, seguidos de anos de treinamento.

— Eu dou conta — afirmei. — Posso retomar os estudos, posso fazer o treinamento que for necessário. Você sabe que quase terminei minha graduação em criminologia. Sei conduzir uma entrevista.

Ela ficou calada.

— Você quer manter um círculo fechado em torno disso, não quer? — falei. — Imagina o pânico se as pessoas ficassem sabendo que estamos vivendo em uma simulação.

— A gente não tem certeza se está vivendo em uma simulação, e não sei se "pânico" é a palavra certa. Seria mais um fastio terminal.

Resolvi pesquisar mais tarde o que era *fastio*. Tem palavras com que você se depara a vida inteira sem saber o que significam.

— Zoey, não estou fazendo nada da vida — argumentei.

— Não fala assim — rebateu ela, rápido demais.

— É só que... essa situação, essa coisa, seja lá o que for, essa possibilidade, digamos, me despertou um interesse que acredito nunca ter tido antes por nada na vida.

— Então arruma um hobby, Gaspery. Vai aprender caligrafia, arco e flecha, ou coisa assim.

— Não dá para você pensar na possibilidade, Zoey? Conversar com quem você tem que conversar? Não posso ser levado em consideração? Se nós estamos falando em viagem no tempo, não existe pressa, né? Eu teria tempo para me preparar, eu poderia fazer o que você quisesse, retomar os estudos, fazer treinamento psicológico, sei lá... — Percebi que estava tagarelando, portanto me calei.

— Não — insistiu Zoey. — De jeito nenhum. — Ela acabou com a bebida do copo. — Quando eu digo que é um trabalho perigoso, Gaspery, estou querendo dizer que não quero que ninguém que eu amo faça isso.

6

Passei as três semanas seguintes sem ver Zoey, e seu aparelho informava que ela estava fora. Eu ia trabalhar, voltava para casa, andava de um lado para outro no apartamento e conversava com o gato. Por fim, em um dia de folga do hotel, deixei uma mensagem de voz avisando que estava indo ao escritório dela. Zoey não respondeu, mas embarquei em um bonde rumo ao Instituto do Tempo no fim da tarde. Ela tinha me falado quais eram seus horários, então eu sabia que estaria lá. Fiquei observando as ruas pálidas sumindo, os prédios antigos feitos de pedra com pedaços de alvenaria faltando e as moradias ilegais decrépitas espremidas contra eles — a influência da Cidade da Noite se infiltrava, uma baforada de desordem que eu achava revigorante —, e me veio um pensamento esquisito, louco, de que ela poderia estar morta. Zoey trabalhava demais e bebia demais. Naquele primeiro ano depois da morte de nossa mãe, meus pensamentos vira e mexe se voltavam para o desastre.

Parei em frente ao Instituto do Tempo, um monólito de pedra branca, e liguei para ela outra vez. Nada. Eram mais ou menos seis horas. Algumas pessoas saíram do prédio, sozinhas e aos pares. Eu me peguei analisando o rosto delas, me perguntando como devia ser ter um emprego que oferecia riscos, e então percebi que um dos rostos era o de Ephrem.

— Eph — chamei.

Ele ergueu os olhos, assustado.

— Gaspery! O que está fazendo aqui?

Eu havia tido uma breve conversa com Ephrem no enterro de minha mãe, mas esse dia era um borrão. Não conversávamos longamente desde o último jantar que ele dera em casa, um ano antes. Talvez fosse apenas a iluminação da redoma — que diminuía devagarinho e se tornava cada vez mais prateada, numa imitação grosseira do lusco-fusco na Terra —, mas Ephrem me pareceu mais velho do que eu lembrava; mais velho e mais preocupado.

— Eu ia te perguntar a mesma coisa — falei. — O que um arborista está fazendo no Instituto do Tempo? — Ele hesitou, e, nesse momento, vi uma fenda. Havia alguma coisa que ele não queria me contar, e havia alguma coisa que eu não deveria saber. — Você trabalha aqui, não é?

Ele fez que sim.

— É. Já faz um tempo.

— Então você sabe do projeto no qual a Zoey está trabalhando? A coisa da simulação?

— Pelo amor de Deus, Gaspery, não diga mais uma palavra. — Ephrem sorria, mas dava para ver que falava sério. — Há quanto tempo a gente não se vê. Que tal tomarmos um chá?

— Eu adoraria.

— Vem conhecer meu escritório — disse ele. — Eu peço para trazerem um chá para a gente.

Caminhamos juntos em silêncio pelo átrio, passamos pela segurança, entramos no elevador e atravessamos uma série de corredores brancos que me pareciam todos iguais, um labirinto de portas inexpressivas e vidros opacos.

— Chegamos — anunciou ele.

O escritório dele era idêntico ao de Zoey, mas tinha um bonsai na janela. Um aparelho de chá nos aguardava na mesa, com três xícaras. Eu conhecia Ephrem havia muitos anos, mas nunca tinha perguntado sobre seu trabalho. Ele tinha me falado que era arborista, e eu às vezes lhe fazia perguntas sobre alguma árvore, mas ao que tudo indicava eu sabia muito menos sobre o meu amigo do que imaginava. O escritório dele ficava em um andar alto, com vista para as torres da Colônia Um. A distância, vi o hotel Grand Luna.

— Há quanto tempo você trabalha aqui? — indaguei.

— Faz mais ou menos uma década. — Ele estava servindo o chá, mas parou por um instante, reflexivo. — Não, sete anos. Só parece ser uma década.

— Eu achava que você era arborista.

— Sinto falta desse trabalho, para ser sincero. Infelizmente, as árvores agora não passam de um hobby. Você me acompanha?

Eu o segui até a mesa de reunião, exatamente igual à de Zoey. Fui dominado pela estranheza daquele momento, pela sensação desnorteante de que uma realidade escapava e era substituída por outra. *Mas eu te conheço há anos*, quis dizer, *e você é arborista, não um engravatado do Instituto do Tempo. Nós nos formamos juntos na escola.*

— As árvores eram mais fáceis? — perguntei.

— Do que meu trabalho atual? Sim. Muito mais.

O aparelho dele vibrou. Ele deu uma olhada na tela e fez cara feia.

— Por que você não me contou que trabalhava aqui?

— É que... é estranho — disse ele. — Com "estranho" quero dizer que é sigiloso. A questão é que eu não posso responder a perguntas sobre meu trabalho, então não gosto de falar dele.

— Deve ser esquisito — falei — fazer uma coisa secreta. — Com "esquisito" quero dizer maravilhoso.

— Eu tento não mentir sobre esse assunto. Se você me perguntasse onde eu estava trabalhando, eu teria falado que estava fazendo um trabalho para o Instituto do Tempo e deixaria você supor que tinha alguma coisa a ver com árvores.

— Entendo — respondi. O silêncio se prolongou ao nosso redor. Eu não sabia como pedir o que desejava. *Me contrate, me deixe entrar, me deixe participar do que vocês estão fazendo aqui, não importa o que seja.* — Ephrem — comecei, mas a porta se abriu naquele exato instante e Zoey apareceu.

Ela estava com uma expressão que eu não via desde a infância. Furiosa. Sentou-se à minha frente, ignorou o chá e me encarou até eu me ver forçado a desviar o olhar.

— Eu perco competições de encarada com a minha irmã desde os 5 anos — expliquei a Ephrem. — Talvez desde os 4.

Ele me recompensou com um breve sorriso. Ninguém se pronunciava. Meu olhar se voltou para o bonsai.

Por fim, por misericórdia, Ephrem pigarreou.

— Escuta — disse ele. — Ninguém aqui desobedeceu a regra alguma. Quando a Zoey te contou da anomalia, Gaspery, ela ainda não estava sob sigilo.

Zoey olhou para a xícara de chá.

— Claro — continuou Ephrem — que isso não significa que você deva ficar na porta do Instituto do Tempo repetindo as coisas que ela te contou.

— Me desculpem — disse. — Ephrem, posso perguntar se é real?

— Como assim?

— As coisas que a Zoey me falou pareciam ser um padrão, mas, bem, isso era coisa da nossa mãe — falei. — A hipótese de simulação.

— Eu me lembro dela falando do assunto. — Ele teve a delicadeza de confirmar.

— Acho que, quando a gente perde alguém, é fácil enxergar padrões onde eles não existem.

Ephrem fez que sim.

— Verdade. Eu não sei se existe alguma coisa — disse ele. — Mas eu não era próximo da sua mãe, o que me torna um bocado neutro nessa questão, e acho que os dados que nós temos são suficientes para fazer valer uma investigação.

— Posso ajudar? — indaguei.

— *Não* — murmurou Zoey, quase inaudível.

— Zoey me contou que você queria trabalhar aqui.

Reparei que Ephrem tomava bastante cuidado para não olhar para ela.

— Sim — confirmei —, eu quero.

— *Gaspery* — retrucou Zoey.

— Por que você quer trabalhar aqui? — perguntou Ephrem.

— Porque é interessante — respondi. — Tenho mais interesse nisso do que... bom, em qualquer outra coisa de que me lembre, para ser sincero. Espero não estar soando muito desesperado.

— De jeito nenhum — disse Ephrem. — Só parece que você está interessado. Todos nós somos interessados, do contrário não estaríamos aqui. Você sabe o que nós fazemos no instituto?

— Não exatamente — respondi.

— Nós defendemos a integridade da nossa linha do tempo — explicou ele. — Investigamos anomalias.

— Existiram outras?

— Em geral, elas acabam não sendo nada — contou Ephrem. — Meu primeiro caso no instituto teve a ver com uma *Doppelgänger*. Segundo o melhor software de reconhecimento facial que nós temos, a mesma mulher apareceu em fotografias e vídeos de 1925 e 2093. Consegui coletar o DNA das duas e determinar que eram mulheres diferentes.

— Você disse "em geral" — falei.

— Em algumas poucas situações — disse Ephrem —, não conseguimos chegar a uma conclusão nem para um lado nem para o outro. — Deu para perceber que isso o inquietava.

— Tem alguma coisa que vocês estejam procurando? — perguntei.

— Estamos procurando várias coisas. — Ele se calou por um instante. — A parte do nosso trabalho que diz respeito à anomalia é uma investigação contínua da possibilidade de estarmos vivendo em uma simulação.

— Você acha que estamos?

— Existe um grupo — disse ele, medindo as palavras —, e eu me incluo nele, que acredita que a viagem no tempo funciona melhor do que deveria.

— Como assim?

— É que existem menos espirais do que seria lógico esperar. Quero dizer o seguinte: às vezes a gente altera uma linha do tempo e depois ela parece *se corrigir* sozinha, de um jeito que para mim não faz sentido. O curso da história deveria ser irrevogavelmente alterado sempre que voltamos na linha do tempo, mas não é isso o que acontece. Às vezes os acontecimentos parecem mudar para se adaptar à interferência do viajante do tempo, e uma geração depois a impressão é de que o viajante nunca esteve lá.

— Nada disso é prova de simulação. — Zoey foi logo esclarecendo.

— Claro que não. Por motivos óbvios, é difícil confirmar a hipótese — acrescentou Ephrem.

— Mas vocês poderiam dar mais um passo rumo à confirmação se identificassem uma falha na simulação — concluí.

— Exatamente.

— Gaspery — disse Zoey —, eu sei que parece interessante, mas é um trabalho perturbador.

— Eu e a Zoey temos algumas divergências quanto ao Instituto do Tempo — revelou Ephrem. — Acho que é justo dizer que nossas experiências aqui foram diferentes.

— É, é justo — falou Zoey sem alterar o tom de voz.

— Mas o que eu posso dizer — afirmou Ephrem — é que este é um lugar interessante para se trabalhar.

— E o que *eu* posso dizer — disse Zoey — é que o Ephrem não cumpriu a meta de recrutamento este ano, no ano passado e no ano retrasado.

— O treinamento e o emprego exigem muita discrição — prosseguiu Ephrem, ignorando-a —, além de uma boa dose de foco.

— Eu tenho foco — declarei. — E sei ser discreto.

— Pois bem — disse Ephrem —, vou agendar uma entrevista de triagem para você.

— Obrigado — falei. — Isso vai soar... Escuta, eu não quero soar patético, mas, literalmente, nunca tive um emprego interessante.

Ephrem sorriu.

— Não estou preocupado com a sua entrevista de triagem. Você não vai ter problema algum para passar. Precisamos comemorar.

Mas, se precisávamos comemorar, por que minha irmã falava tão pouco, por que estava tão carrancuda? *Um trabalho perturbador.* Enquanto Ephrem pedia três taças de champanhe eu queria dizer a ela, escuta, prefiro um trabalho arriscado a um trabalho tão chato que quase me leva ao coma, mas tinha medo de que ela chorasse se eu falasse isso.

7

Uma semana depois, cheguei ao hotel quinze minutos antes do início do expediente e fui ao escritório de Talia.

— Gaspery — disse ela.

Comecei a fechar a porta, mas ela fez que não e se levantou de trás da mesa.

— Vamos dar uma volta.

— Eu só tenho alguns...

— Sabe, é interessante. — Com um gesto, ela pediu que eu saísse à sua frente. — Eu estudei a história do trabalho na faculdade, e se existe uma constante histórica ao longo dos séculos é que ninguém quer mexer com o RH. — Ela abriu a porta lateral e saímos para a luz do dia, para a área de carga e descarga. — Eu disse ao seu supervisor que precisava falar com você. Ninguém vai se importar.

A programação do clima previa nuvens, portanto a luz do dia estava opaca e cinzenta. Achei perturbador.

— É difícil se acostumar — disse Talia após me ver olhar para o céu com inquietação. Estávamos indo para a trilha que margeava o rio da Colônia Um. Por questões de saúde mental, as três colônias tinham rios que ladeavam leitos fluviais de pedra branca idênticos, com pontes de pedra branca idênticas formando um arco acima deles. Eram prodígios da engenharia. Todos faziam um ruído exatamente igual. — Por que você foi embora da Cidade da Noite? — perguntou ela.

— Divórcio terrível — respondi. — Queria recomeçar do zero. — Havia um aconchego na semelhança do barulho do rio; caso não erguesse a cabeça, caso não prestasse atenção à luz cinzenta e estranha do dia nublado fajuto, eu poderia fingir estar em casa. — Por que você se mudou para cá?

— Eu sou daqui — explicou ela. — Só me mudei para a Cidade da Noite aos 9 anos.

— Ah.

Já estávamos perto da ponte. Na Cidade da Noite, haveria uma série de pessoas desamparadas cochilando ou se drogando debaixo da ponte, na paz e nas sombras do aterro, mas ali havia apenas um velho sentado no banco, sozinho, olhando para a água.

— Você apareceu no meu escritório para pedir demissão — disse Talia.

— Como é que você sabe?

— É que o chefe do chefe do meu chefe pediu que eu conversasse com alguns engravatados do Instituto do Tempo três dias atrás. Pelas perguntas que fizeram, entendi que estavam investigando se você poderia assumir um cargo.

Será que existe um desconforto específico que surge com a sensação de que há toda uma burocracia invisível girando em torno de você? Talia parou de andar, então também parei e olhei para a água. Quando eu era pequeno, colocava barquinhos para boiar no rio da Cidade da Noite, mas o rio da Cidade da Noite era uma coisa escura e cintilante e refletia tanto o sol quanto o breu do espaço. Já o rio da Colônia Um era pálido e leitoso e refletia as nuvens falsas da redoma.

— A gente morava ali — disse Talia, e ao erguer os olhos pude ver que ela estava apontando para um dos prédios residenciais nobres mais antigos e mais esplêndidos que havia, uma torre que era um cilindro branco com jardim em todas as varandas. — Meus pais trabalhavam no Instituto do Tempo.

Eu não sabia o que dizer. Não era capaz de pensar em nenhuma razão que não fosse catastrófica para uma família se mudar de um dos endereços mais chiques da Colônia Um para uma casa decrépita da Cidade da Noite.

— Os dois eram viajantes — continuou Talia. — Até que uma missão deu errado, alguma coisa horrível aconteceu, e depois disso meus pais não conseguiam trabalhar, e passado um ano estávamos morando naquele bairro decadente da Cidade da Noite.

— Eu sinto muito.

Fiquei um pouco mal de ter que falar isso, pois a verdade é que eu amava a Cidade da Noite e aquele bairro decadente era minha terra. Minha família — eu, Zoey e nossa mãe — não estava lá porque *tinha* que estar, mas sim porque, nas palavras da minha mãe, "pelo menos esse lugar tem personalidade, ao contrário daquelas colônias estéreis com iluminação falsa" — embora, ao recordar isso, também me viesse à cabeça a lembrança de que não tínhamos dinheiro para consertar o telhado quando havia goteiras.

Talia estava me olhando.

— Bêbados são indiscretos — disse ela. — Eu tenho certeza de que você sabe, caso já tenha parado para pensar nessa questão por mais de cinco minutos, que mandar alguém de volta no tempo inevitavelmente muda a história. *A presença do viajante é uma ruptura por si só*, é o que lembro do meu pai falar. É impossível voltar, se envolver com o passado e deixar a linha do tempo totalmente inalterada.

— Eu sei — assenti.

Não entendia direito aonde Talia queria chegar, mas ouvi-la me deixava tão incomodado que eu não conseguia encará-la.

— Às vezes o Instituto do Tempo volta no tempo e desfaz o estrago, garante que o viajante não faça aquilo que muda a história. Sabe, aquela coisinha, tipo segurar a porta para a mulher que depois vai criar um algoritmo capaz de acabar com a civilização ou sei lá o quê. Às vezes eles voltam e desfazem o estrago, mas nem sempre. Quer saber como eles tomam essa decisão?

— Isso me parece extremamente sigiloso.

— Ah, e é *mesmo*, Gaspery, mas eu gosto de você e também passei a ser imprudente à medida que envelheço, então vou te contar de uma forma ou de outra. — (Ela tinha o quê, 35 anos? Naquele momento, eu a achei emocionalmente exausta.) — O critério é o seguinte: eles só voltam e desfazem o estrago *se o estrago afetar o Instituto do Tempo*. O que eu sou, Gaspery? Como você me descreveria?

A pergunta me parecia uma emboscada.

— Eu...

— Não tem problema — disse ela —, pode falar. Eu sou uma burocrata. RH é burocracia.

— Ok.

— Assim como o Instituto do Tempo. A principal universidade voltada para pesquisas da Lua, dona da única máquina do tempo em funcionamento que existe, intimamente enredada com o governo e a imposição da lei. Até *uma* dessas coisas já implicaria uma burocracia formidável, você não acha? O que você precisa entender é que a burocracia é um organismo, e o objetivo principal de todo organismo é a autopreservação. A burocracia existe para se proteger. — Ela estava de novo olhando para a outra margem do rio. — A gente morava no terceiro andar — disse ela, apontando. — A varanda com videiras e roseiras.

— Bonito — falei.

— Não é? Escuta, eu entendo por que você quer trabalhar no Instituto do Tempo. Você deve estar achando a oportunidade empolgante. Além do que sua carreira não vai avançar muito no hotel. Mas saiba que, quando o instituto não precisar mais de você, vai te jogar fora. — Ela disse isso em um tom tão casual que não tive certeza se tinha ouvido direito. — Tenho uma reunião — anunciou. — E você deveria começar seu expediente em mais ou menos uma hora.

Então começou a andar e me deixou ali.

Eu me virei para olhar o prédio. Já tinha estado em um daqueles apartamentos uma vez, anos atrás, em uma festa, e ficara bastante embriagado, mas me recordava dos tetos abobadados e dos ambientes espaçosos. O que pensei foi que, se alguma coisa desse errado no Instituto do Tempo, eu jamais poderia dizer que não tinha sido avisado.

Ao mesmo tempo, eu sentia uma enorme impaciência com a minha vida. Virei para o hotel e me dei conta de que não conseguia entrar. O hotel era o passado. Eu queria o futuro. Liguei para Ephrem.

— Posso começar antes? — indaguei. — Sei que o plano era dar um aviso prévio de duas semanas ao hotel, mas posso começar o treinamento agora? Esta noite?

— Claro — respondeu ele. — Você consegue chegar em uma hora?

8

— Quer um chá? — perguntou Ephrem.
— Por favor.
Ele digitou alguma coisa no aparelho e nos sentamos à mesa de reunião. Uma lembrança súbita: o dia em que tomei chai com Ephrem e sua mãe depois da escola, no apartamento deles, que era melhor do que o meu. A mãe de Ephrem tinha um emprego que lhe permitia trabalhar de casa, me recordei, e vivia olhando fixamente para a tela. Ephrem e eu estávamos estudando, então acho que devíamos ter uma prova em breve, um período em que eu estava experimentando (a) chás e (b) ser um bom aluno. Eu estava prestes a trazer esse momento à tona — *Você se lembra?* — quando ouvi um repique suave na porta e um rapaz apareceu com uma bandeja, que deixou na mesa antes de sair. *Chai é real*, disse a mim mesmo, e então me dei conta: Ephrem também devia se lembrar desse momento de tanto tempo atrás, porque sempre que eu estava ali me servia chai.
— Pronto. — Ephrem me passou uma caneca fumegante.
— Por que a Zoey não queria que eu trabalhasse aqui?
Ele suspirou.

— Ela teve uma experiência ruim alguns anos atrás. Não sei dos detalhes.

— É claro que sabe.

— Tudo bem — admitiu. — Escuta, é só um boato, mas ouvi dizer que ela estava apaixonada por uma viajante, só que a viajante era uma rebelde e se perdeu no tempo. Isso é, literalmente, tudo que sei.

— Não é, não.

— Literalmente tudo que sei e que não está sob sigilo — acrescentou Ephrem.

— Como alguém se perde no tempo?

— Vamos supor que você tivesse intenção de ferrar com a linha do tempo. O Instituto do Tempo pode resolver não te trazer de volta para o presente.

— Por que alguém teria intenção de ferrar com a linha do tempo?

— Boa pergunta — respondeu Ephrem. — É só não fazer isso que você não vai ter problema. — Ele se curvou para tocar em um console acoplado à parede, e uma linha do tempo com fotografias de pessoas ficou suspensa no ar entre nós dois. — Estou elaborando um plano de investigação para você — disse ele. — A gente não quer te botar no centro da anomalia porque não sabemos o que ela é nem o perigo que pode oferecer. Queremos que você entreviste quem a gente acha que já viu a anomalia.

Ele ampliou uma fotografia muito antiga, em preto e branco, de um rapaz de uniforme militar com expressão preocupada.

— Este é Edwin St. Andrew, que vivenciou alguma coisa na floresta de Caiette. Você vai visitá-lo para ver se ele fala sobre o assunto.

— Eu não sabia que ele tinha sido soldado.

— Não vai ter sido ainda quando você conversar com ele. Você vai falar com ele em 1912, e mais adiante ele vai ter uma péssima experiência no *front* ocidental. Mais chá?

— Obrigado. — Eu não fazia ideia do que era o *front* ocidental e torci para que o assunto fosse abordado no meu treinamento.

Ele passou a linha do tempo para o lado e vi o compositor do vídeo que Zoey tinha me mostrado.

— Em janeiro de 2020 — prosseguiu Ephrem —, um artista chamado Paul James Smith fez uma apresentação que incluía um vídeo, e parece que o vídeo mostra a anomalia que St. Andrew descreveu um século antes, mas não sabemos direito onde o vídeo foi gravado. Não temos o show inteiro, só o clipe que a Zoey já te mostrou. Você vai falar com ele e ver o que consegue descobrir.

Ephrem passou a linha para o lado de novo e surgiu outra fotografia, de um senhor tocando violino em um terminal de dirigíveis, com os olhos fechados.

— Este é Alan Sami — anunciou Ephrem. — Ele passou uns anos tocando violino no terminal de dirigíveis de Oklahoma City, por volta de 2200, e acreditamos que é à música dele que Olive Llewellyn faz referência em *Marienbad*. Você vai entrevistá-lo e descobrir mais informações sobre a canção. Qualquer coisa que conseguir. — Ele avançou na linha do tempo e ali estava Olive Llewellyn, a escritora preferida de minha mãe, antiga moradora da casa onde Talia Anderson vivera na infância. — E esta é Olive Llewellyn. Lamento informar que não tem ninguém que guarde as gravações de câmeras de segurança por duzentos anos, portanto não temos registros do que Olive Llewellyn pode ter ou não ter vivido lá antes de escrever *Marienbad*. Você vai entrevistá-la na última turnê de lançamento de livro que ela vai fazer.

— Quando foi a última turnê que ela fez? — indaguei.

— Em novembro de 2203. O começo da pandemia de SARS-12. Mas não se preocupe, você não vai adoecer.

— Nunca ouvi falar nisso.

— Foi uma das imunizações que tomamos na infância — disse Ephrem.

— Outros investigadores também vão ser encarregados do caso?

— Vários. Eles vão olhar por ângulos distintos, entrevistar outras pessoas ou entrevistar as mesmas pessoas de um jeito diferente. Talvez você encontre alguns, mas, se eles forem bons no que fazem, você nunca vai descobrir quem são. A sua missão não é complicada, Gaspery. Você vai conduzir algumas entrevistas e relatar suas descobertas a um investigador mais experiente, que vai assumir o caso e chegar a uma conclusão final. E depois, se tudo der certo, você vai ser encarregado de outras investigações. Pode ter uma carreira interessante aqui. — Ele fitava a linha do tempo. — Acho que você vai começar entrevistando o violinista.

— Está bem. Quando é que eu falo com ele?

— Daqui a uns cinco anos — respondeu Ephrem. — Antes, você tem um treinamento para fazer.

9

O treinamento não era uma imersão em um mundo diferente. Era uma imersão em uma série de mundos diferentes, em momentos que surgiam um depois de outro e mais outro, mundos que se esvaíam tão devagar que a perda só ficava clara em retrospecto. Anos de lições particulares em salinhas do instituto, anos passando por pessoas nos corredores que podiam ou não ser meus colegas de estudos — ali ninguém usava crachá — e anos estudando em silêncio na biblioteca do instituto ou em casa, de madrugada, com o gato dormindo no meu colo. Cinco anos depois de largar o hotel, compareci pela primeira vez à câmara de viagem.

Era um ambiente de tamanho médio, todo feito de uma pedra compósita. Em um dos cantos ficava um banco, embutido em uma reentrância funda na parede. O banco ficava de frente para uma mesa de aparência extremamente normal. Zoey esperava ali, com um aparelho desconcertante que parecia uma arma.

— Vou implantar um rastreador no seu braço — explicou ela.

— Bom dia, Zoey. Estou bem, obrigado por perguntar. Bom te ver também.

— É um microcomputador. Interage com o seu aparelho, que interage com a máquina.

— Tudo bem — assenti, deixando de lado as amenidades. — Então o rastreador manda informações para o meu aparelho?

— Lembra aquela vez que eu te dei um gato?

— Claro. Marvin. Ele está lá em casa dormindo.

— Mandamos uma agente de volta para outro século — disse Zoey —, mas ela se apaixonou por alguém e não quis voltar para casa, por isso arrancou o rastreador e deu para o gato comer. Então, quando tentamos trazê-la para o presente à força, foi o gato quem apareceu na câmara de viagem.

— Espera aí, o meu gato é de outro século?

— Seu gato é de 1985 — respondeu ela.

— O quê?! — exclamei, estupefato.

Zoey segurou minha mão — quando tinha sido a última vez que havíamos nos tocado? —, e observei a concentração sinistra no rosto dela ao injetar o grão prateado no meu braço esquerdo. Doeu muito mais do que eu havia imaginado. Ela abriu uma projeção sobre a mesa e voltou a atenção para a tela flutuante.

— Você devia ter me dito — falei. — Você devia ter dito que meu gato era um viajante do tempo.

— Sinceramente, Gaspery, que diferença isso faria? Gato é gato.

— Você nunca gostou muito de bichos, né?

A boca de Zoey era uma linha fina. Ela não olhava na minha direção.

— Você devia estar feliz por mim — falei, enquanto ela ajustava alguma coisa na projeção. — Essa é a única coisa que eu quis fazer de verdade na vida, e estou fazendo.

— Ah, Gaspery — disse ela, distraída. — Meu pobre cordeirinho. Aparelho?

— Aqui.

Ela pegou meu aparelho, segurou-o junto à projeção e me devolveu.

— Certo. Seu primeiro destino está programado. Pode ir se sentar na máquina.

10

Uma transcrição:

GASPERY ROBERTS: Pronto, está ligado. Obrigado por tirar um tempo para conversar comigo.

ALAN SAMI: Não é nada. Eu é que agradeço pelo convite para almoçar.

GR: Agora, só para constar na minha gravação, o senhor é violinista, certo?

AS: Sou. Toco no terminal de dirigíveis.

GR: Para ganhar uns trocados?

AS: Por prazer. Eu não preciso da grana, só para deixar claro.

GR: Mas o senhor recolhe um dinheiro com o chapéu que fica a seus pés…

AS: Bom, as pessoas me atiravam trocados, então a certa altura resolvi deixar o chapéu virado para cima na minha frente, assim pelo menos eles cairiam todos no mesmo lugar.

GR: Se me permite a pergunta, por que o senhor toca se não precisa do dinheiro?

AS: Bom, porque eu amo fazer isso, filho. Amo tocar violino e amo ver gente.

GR: Se não se importar, gostaria de lhe mostrar um vídeo curto.

AS: De música?

GR: Isso, música com alguns sons ambientes. Vou dar play e depois pedir que o senhor me diga o que puder sobre ele. Pode ser?

AS: Claro. Vamos lá.

[...]

GR: É o senhor, não é?

AS: É, sou eu no terminal de dirigíveis. Mas a gravação é de baixa qualidade.

GR: Como o senhor tem certeza de que é o senhor mesmo?

AS: Como eu tenho... É sério? Bom, filho, porque eu conheço a música e já ouvi um dirigível. O *ushhh* no finalzinho.

GR: Vamos nos concentrar na música um pouquinho. Essa peça que o senhor estava tocando, me fala sobre ela?

AS: É minha canção de ninar. Fui eu que compus, mas nunca dei título. Foi uma música que fiz para minha esposa, minha falecida esposa.

GR: Sua falecida... Meus sentimentos.

AS: Obrigado.

GR: Existe... O senhor alguma vez se gravou tocando a canção? Ou escreveu a partitura?

AS: Nem uma coisa nem outra. Por quê?

GR: Bom, como eu mencionei, sou assistente de um historiador da música. Fui incumbido de investigar similaridades e diferenças entre a música tocada nos terminais de dirigíveis em diversas regiões da Terra.

AS: E qual é mesmo a instituição em que você trabalha?

GR: Universidade da Colúmbia Britânica.

AS: Seu sotaque é de lá?

GR: Meu sotaque?

AS: Sim, ele acabou de mudar. Tenho ouvido bom para sotaques.

GR: Ah. Eu sou da Colônia Dois.

AS: Curioso. Minha esposa era da Colônia Um, mas eu diria que ela falava bem diferente de você. Há quanto tempo você vem fazendo isso?

GR: Trabalhando com pesquisa? Há alguns anos.

AS: E é preciso estudar para isso? Como uma pessoa começa nessa carreira?

GR: Boa pergunta. Eu estava perdendo meu tempo, para ser sincero, trabalhando como segurança num hotel. Ficava parado no saguão olhando para as pessoas. Mas então, bem, encontrei uma oportunidade. Apareceu um negócio que me interessou muito, como nada antes. Aí passei cinco anos em treinamento, estudando linguística, psicologia e história.

AS: Entendo o porquê de história, mas para que psicologia e linguística?

GR: Bom, linguística porque as pessoas falam de formas diferentes em momentos diferentes da história, e se você estiver lidando com música antiga que inclua palavras cantadas é providencial.

AS: Faz sentido. E a psicologia?

GR: Interesse pessoal. Não foi relevante. Não teve relevância alguma. Nem sei por que mencionei isso.

AS: Creio que a dama faz protestos demasiados.

GR: Desculpa, o senhor me chamou de dama?

AS: Isso é Shakespeare, filho. Poxa vida. Você não é estudado?

11

— Sagaz — disse Zoey, ao analisar a gravação. — Que sofisticado.

Ephrem, que estava conosco no escritório dela, conteve um sorriso.

— Eu sei — admiti. — Desculpa.

— Não tem problema — disse minha irmã —, a gente não cobriu Shakespeare no treinamento.

— Zoey, Ephrem, hipoteticamente o que aconteceria se eu fizesse besteira?

— Não faça besteira. — Ephrem deu uma olhada no aparelho dele. — Perdão — disse ele —, tenho reunião com meu chefe, mas te encontro no meu escritório daqui a uma hora.

Ele foi embora e fiquei a sós com minha irmã.

— Quais foram as suas impressões do violinista? — perguntou Zoey.

— Ele tinha uns 80 anos — falei —, talvez 90. Falava devagarinho, como se o sotaque meio que arrastasse tudo. Ele fez aquela coisa nos olhos, de mudar a cor? Os olhos dele tinham um tom esquisito de roxo. Acho que eram violeta.

— Deve ter sido moda quando ele era jovem.

Zoey voltou a olhar para a transcrição, relendo alguma parte. Eu me levantei e fui até a janela. Era noite e a redoma estava clara. A Terra surgia no horizonte, uma aparição verde e azul.

— Zoey — chamei. — Posso te perguntar uma coisa?

— Claro.

Eu me virei para ela, que tirou os olhos da transcrição.

— Você se lembra da Talia Anderson, da Cidade da Noite? — indaguei.

— Não. Acho que não.

— Ela foi da minha turma por um tempo, no ensino fundamental. A família dela morava na casa da Olive Llewellyn, e nos esbarramos de novo quando ela me contratou como segurança do hotel.

— Espera aí — disse Zoey —, a gente está falando da Natalia Anderson do hotel Grand Luna?

— Isso.

Zoey assentiu.

— Ela estava na lista de pessoas que entrevistamos quando você estava sendo avaliado para esse cargo.

— Como você se lembra de um nome em uma lista de cinco anos atrás?

— Sei lá. Lembro e pronto.

— Eu queria ter o seu cérebro. Bem, mas voltando ao que eu estava dizendo, ela meio que me alertou de não vir para cá, para ser sincero.

— Eu também alertei — retrucou Zoey.

— Acho que os pais dela trabalharam aqui — continuei, ignorando o comentário. — Muito tempo atrás. Ela disse que o pai foi indiscreto.

Zoey me observava com muita atenção.

— O que foi que ela disse?

— Que *a presença do viajante é uma ruptura por si só...*

— Com essas palavras?

— Acho que sim. Por quê?

— Isso é de um manual de treinamento sigiloso que saiu de circulação há dez anos. Estou me perguntando se ela andou contando isso para mais alguém. O que mais ela falou?

— Ela disse que, quando o instituto não precisar mais de mim, vai me jogar fora.

Zoey desviou o olhar.

— Nem sempre é fácil trabalhar aqui — disse ela. — O índice de rotatividade é alto. Você deve lembrar que tentei te dissuadir.

— Você temia que eu fosse jogado fora?

Ela ficou tanto tempo em silêncio que imaginei que não fosse responder. Quando voltou a falar, não olhava para mim e tinha a voz trêmula.

— Eu fui próxima de uma pessoa, há muito tempo, uma viajante que estava investigando outra coisa. E ela fez besteira.

— E o que aconteceu com ela?

A mão de Zoey foi até o colar que ela sempre usava. Era uma correntinha de ouro simples, à qual eu nunca tinha prestado muita atenção, mas, pela forma como Zoey a tocava, entendi que fora um presente da viajante perdida.

— Você precisa entender uma coisa — disse ela. — Não é preciso ser uma pessoa horrível para tentar deliberadamente mudar a linha do tempo. Basta ter um momento de fraqueza. Um único momento e nada mais. E quando digo *fraqueza* talvez eu queira dizer *humanidade*.

— E se você tiver intenção de mudar a linha do tempo...

— Não é difícil perder uma pessoa no tempo de propósito. Incriminá-la por um crime que não cometeu, por exemplo, ou, nos casos menos graves, colocá-la em algum lugar de onde ela não tenha como voltar para casa.

— Incriminar um viajante por um crime não teria, sei lá, alguma repercussão na linha do tempo?

— O departamento de pesquisas mantém uma lista de crimes — explicou Zoey. — Muito bem selecionados para evitar qualquer grande repercussão.

("A burocracia existe para se proteger", dissera Talia, olhando para o outro lado do rio.)

Zoey pigarreou.

— Amanhã é um dia importante — disse ela. — Vamos recapitular. Para onde você vai primeiro?

— Para 1912 — respondi —, e falar com Edwin St. Andrew. Vou fingir ser um padre e ver se ele fala comigo na igreja.

— Isso. E depois?

— Depois vou para janeiro de 2020, falar com o videoartista Paul James Smith e ver o que consigo descobrir sobre aquele vídeo estranho.

Ela assentiu.

— E no dia seguinte você vai conversar com a Olive Llewellyn?

— É.

Àquela altura, eu já tinha lido todos os livros dela. Não tinha gostado muito de nenhum, mas era difícil saber se o problema estava nos romances ou na apreensão que eu sentia ao pensar nela, considerando o momento em que a entrevista tinha sido marcada.

— Você sabe que vai se encontrar com ela na última semana de vida que ela vai ter — disse Zoey. — Você vai entrevistá-la na Filadélfia e ela vai morrer três dias depois em um quarto de hotel de Nova York.

— Eu sei. — Eu ficava meio enjoado ao pensar nisso.

A expressão de Zoey ficou mais suave.

— Lembra que a mamãe citava *Marienbad* para nós dois quando éramos pequenos?

Fiz que sim e por um instante fui transportado para o hospital, para os últimos dias de nossa mãe, a semana fora do tempo e do espaço em que jamais abandonamos a cabeceira de sua cama.

— Mas você vai manter a cabeça no lugar, né? — Pela maneira como minha irmã me olhava, entendi que ela via um Gaspery anterior, uma versão desajeitada de mim que tendia ao erro, que vivia sem rumo e não tinha passado os últimos cinco anos treinando e estudando e pesquisando.

— Claro. Sou profissional.

Eu conhecia os fatos da vida e também da morte: Olive Llewellyn havia falecido em uma pandemia que eclodira enquanto ela viajava para promover um livro. Tinha morrido em um quarto de hotel da República Atlântica. Mas é claro que a ideia de quebrar o protocolo me passou pela cabeça, naquela hora e dois dias depois, na manhã em que me apresentei à câmara de viagem e as coordenadas foram inseridas no meu aparelho, quando pisei na máquina para ir ao encontro dela.

5

Última turnê de lançamento
de livro na Terra

2203

— Escuta — disse Gaspery —, eu não quis te deixar desconfortável nem te colocar contra a parede. Mas tenho curiosidade em saber se você já vivenciou algo estranho no terminal de dirigíveis de Oklahoma City.

No silêncio, Olive escutava o zumbido baixinho do prédio, os sons da ventilação e do encanamento. Talvez não confessasse se ele não a tivesse encontrado já no final da turnê, se já não estivesse tão cansada. O jornalista, Gaspery-Jacques Roberts, a observava com atenção. Olive tinha a impressão de que ele já sabia o que ela ia dizer.

— Não vejo problema em falar desse assunto — disse ela —, mas acho que vou parecer muito excêntrica se isso entrar na versão final da entrevista. Podemos conversar em off um instante?

— Claro — respondeu ele.

— Eu estava no terminal. Estava indo em direção ao meu dirigível e me lembro de ter passado por um sujeito que tocava violino. E aí, de repente, tudo ficou escuro e eu estava numa floresta. Só por um segundo. Foi...

— Foi exatamente como você descreveu no livro — constatou Gaspery.

— Sim.

— Você pode me contar mais?

— Não tem muito mais. Foi muito rápido. Eu tive impressão... Vai parecer maluquice, mas eu estava em dois lugares ao mesmo tempo. Estava em uma floresta, mas também estava no terminal.

— Eu sabia — disse ele.

— Não sei direito... — Olive não tinha ideia de como fazer a pergunta. — Isso tem algum significado? — indagou.

Gaspery olhou para ela e pareceu confuso quanto ao que dizer em seguida.

— Vai parecer bobagem — disse ele, em tom de leveza forçada —, mas meu editor na *Revista Contingências* gosta que eu encerre as entrevistas com uma pergunta divertida.

Olive entrelaçou as mãos e assentiu.

— Ok, então — começou ele —, essa é meio que uma pergunta sobre destino, imagino. — Olive percebeu que ele suava. — A não ser que aconteça alguma catástrofe imprevisível, levando em conta que nossa tecnologia continue a avançar, é provável que no próximo século exista viagem no tempo. Se um viajante do tempo aparecesse na sua frente e te dissesse para largar tudo e correr para casa, você faria isso?

— Como eu saberia que ele é um viajante do tempo?

A porta foi aberta e a relações-públicas de Olive estava entrando.

— Bem, digamos que houvesse alguma coisa nessa pessoa que fosse impossível de achar congruente.

— Por exemplo...

Gaspery se curvou para a frente e falando baixo e rápido:

— Bom, por exemplo, imagine que essa pessoa fosse adulta — disse ele. — E que essa pessoa, esse adulto de 30 e poucos anos, tivesse o nome de um personagem que você inventou para um livro que publicou faz só cinco anos.

— Tudo bem por aqui? — perguntou Aretta.

— Tudo ótimo — declarou Gaspery. — Você chegou na hora certa.

— Você poderia ter mudado de nome — disse Olive.

— Poderia. — Ele olhou fixamente para ela. — Mas não mudei. — Levantou-se e então disse em um tom mais animado: — Olive, muito obrigado pelo seu tempo. Principalmente quanto à última pergunta. Sei que as perguntas divertidas são as piores.

— Olive, você parece cansada — comentou Aretta. — Está passando mal?

— É só cansaço — disse Olive, repetindo a explicação feito um papagaio.

— Mas você volta para casa logo, não é? — disse Gaspery, em tom ameno. — Vai daqui direto para o terminal de dirigíveis? Bom, de qualquer jeito, tchau, e obrigado!

— Não, ela tem outra... Ah — disse Aretta —, sim, tchau! — Gaspery já tinha ido embora. — Ele é um bocado esquisito, né?

— Um bocado — concordou Olive.

— Que história é essa de ir para casa? Você tem mais três dias na Terra.

— Aconteceu uma coisa.

Aretta franziu a testa.

— Mas...

Mas Olive nunca tinha sentido tanta certeza de nada. Nunca tinha sido advertida com tamanha clareza na vida.

— Me desculpe — disse ela —, sei que isso gera problema para todo mundo, mas eu preciso ir para o terminal de dirigíveis. Vou pegar o próximo voo para casa.

— Como assim?

— Aretta, você deveria ir para casa, ficar com a sua família.

É chocante acordar em um mundo e se ver em outro ao anoitecer, mas a situação não é tão incomum assim. Você acorda casada, e seu esposo morre durante o dia; você acorda em um período de paz, e ao meio-dia seu país está em guerra; você acorda na ignorância, e à tardinha está nítido que uma pandemia já se instalou. Você acorda na turnê de lançamento de um livro que ainda vai durar mais alguns dias, e à noitinha está correndo para casa, sua mala abandonada em um quarto de hotel.

Olive ligou do carro para o marido. Era um carro autônomo, pelo que sentiu gratidão: não havia motorista para ouvi-la e se perguntar se ela havia pirado, uma pergunta que ela mesma se fazia.

— Dion — disse ela —, vou pedir que você faça uma coisa que vai parecer meio radical.

— Ok.

— A gente precisa tirar a Sylvie da escola.

— Tipo não levar ela amanhã? Eu preciso trabalhar.

— Você pode ir buscar a Sylvie agora?

— Olive, o que é que está acontecendo?

Do lado de fora da janela, os subúrbios da Filadélfia eram um borrão de torres residenciais. Você pode ter um casamento excelente e ainda assim ser incapaz de contar tudo para seu marido.

— É esse vírus novo — explicou Olive. — Encontrei uma pessoa no hotel com informações privilegiadas.

— Que tipo de informações privilegiadas?

— A coisa está feia, Dion, está fora de controle.

— Nas colônias também?

— Quantos voos existem por dia entre a Terra e a Lua? Ele tomou fôlego.

— Está bem — falou. — Está bem. Vou buscar a Sylvie.

— Obrigada. Estou indo para casa.

— O quê? Deve ser grave mesmo, se você está interrompendo a turnê do livro.

— É grave, Dion, parece ser muito grave. — E foi então que Olive percebeu que estava caindo no choro.

— Não chora — disse ele, baixinho. — Não chora. Estou indo à escola agora. Vou trazer nossa filha para casa.

No salão de embarque, Olive achou um cantinho distante de todo mundo e pegou o aparelho. Não havia notícias novas sobre a pandemia, mas ela encomendou produtos farmacêuticos para três meses, em seguida garrafas de água só por garantir, depois uma montanha de brinquedos novos para Sylvie. Quando embarcou no voo, já tinha gastado uma pequena fortuna e se sentia meio insensata.

Como foi a partida da Terra:

Uma rápida elevação sobre o mundo verde e azul, depois o mundo foi inteiramente obscurecido por nuvens. A atmosfera se tornou rarefeita e azul, o azul virou anil, e então — era como atravessar a película de uma bolha — lá estava o espaço preto. Seis horas até a Lua. Olive tinha comprado um pacote de máscaras cirúrgicas no aeroporto — vendido a viajantes que pegavam resfriados na estrada — e estava usando três, o que dificultava a respiração. Sentada à janela e praticamente encolhida contra o braço do assento, tentava manter o máximo de distância possível das outras pessoas. A superfície da Lua surgiu na escuridão, radiante de longe e cinza de perto, as bolhas opacas das Colônias Um, Dois e Três brilhando ao sol.

O aparelho dela se iluminou com um toque suave. Ela franziu a testa ao ver o novo alerta de compromisso, pois não se lembrava de ter marcado consulta com o médico, e então entendeu: Dion havia marcado a consulta para ela. Tinha visto o dinheiro que ela acabara de gastar em enlatados. Achava que ela estava perdendo a cabeça.

Então veio o pouso, tão tranquilo depois daquela velocidade toda entre a Terra e a Lua. Olive pôs os óculos escuros para esconder as lágrimas. Mas não era ilógica, na verdade, a consulta com o médico. Se durante uma viagem a trabalho Dion ligasse para dizer que uma epidemia estava chegando e que ela deveria tirar a filha deles da escola, e se ela visse aqueles débitos enormes na conta conjunta dos dois, também temeria pela sanidade do marido. Aguardou o máximo de tempo possível para desembarcar, de modo a manter certa distância dos outros, e manter-se o mais distante que pôde dos demais passageiros no espaçoporto e na plataforma do trem para a Colônia Dois. No vagão do trem, passando pelas luzes do túnel, ela encarou a janela, olhando para a superfície reluzente da Lua através do vidro compósito. Desembarcou em uma plataforma, onde a todo momento esticava a mão para pegar a mala e lembrava em seguida que nunca mais a veria.

Por um breve instante, Olive foi tomada por um arrependimento fugaz ao se lembrar dos carrapichos esquisitos que pareciam armas estreladas e haviam grudado na meia que ela usara na República do Texas — queria muito mostrá-los a Sylvie —, mas, fora isso, não havia nada de grande valor na mala, disse a si mesma. (Ainda assim, estava desolada: fazia anos que viajava com a mala e ela era quase uma amiga.) O bonde chegou. Olive se sentou perto das portas, onde havia mais corrente de ar — tudo lhe voltava à cabeça nesse momento, toda a sua pesquisa sobre pandemias —, e o bonde deslizou pelas ruas e pelos bulevares daquela cidade de pedra branca que agora lhe parecia mais linda do que nunca. As pontes em arco sobre a rua ostentavam uma graça arquitetônica incomum; as árvores que margeavam os bulevares e suavizavam as varandas das torres tinham um frescor quase artificial, supersaturadas no verde; e havia também as inúmeras lojinhas com pessoas entrando e saindo — sem máscara, sem luvas, alheias, cegas à catástrofe iminente. Ver tudo isso era demais. Já não conseguia mais aguentar, mas é claro que precisava. Olive chorava baixinho, portanto ninguém se aproximou.

Ela desembarcou algumas paradas antes de seu destino e caminhou os últimos dez quarteirões debaixo de sol. A redoma da Colônia Dois exibia o tipo de céu que ela preferia, nuvens brancas deslizantes contra o pano de fundo azul-escuro. O que faltava era o barulho das rodinhas da mala nos paralelepípedos.

Olive dobrou a esquina e viu o condomínio onde morava, uma fileira de edifícios quadrados brancos com escadas que desciam do segundo e do terceiro andares até a calçada. Ela subiu os degraus até o segundo andar com uma sensação de irrealidade. Como era possível que estivesse em casa tão cedo? Sem a mala? E por quê? Porque um jornalista tinha falado uma coisa estranha sobre viagem no tempo? Ela levantou a mão para bater à porta — suas chaves estavam na mala, na Terra —, mas gelou. E se o agente contagioso estivesse nas roupas? Olive tirou o casaco, os sapatos e, depois de um breve instante de hesitação, a calça e a blusa. Olhou para a rua e viu um pedestre, que virou o rosto imediatamente.

Ela ligou para Dion.

— Olive, cadê você?

— Você pode destrancar a porta, levar a Sylvie para o quarto e ficar lá com ela até eu entrar?

— Olive...

— Estou com medo de contaminar vocês — explicou Olive. — Estou em frente à nossa porta, mas quero tomar um banho antes de um de vocês me abraçar. Pode estar nas minhas roupas. — As roupas estavam amontoadas aos pés dela.

— Olive — disse ele, e dava para ouvir a dor na voz.

Dion achava que ela estava terrivelmente doente, mas não por causa da pandemia que se avizinhava.

— Por favor.

— Está bem — cedeu ele. — Vou fazer isso.

A fechadura se abriu com um estalo. Olive contou até dez bem devagar, depois entrou, largou o aparelho e as roupas íntimas em uma pilha no chão e foi direto para o banho. Em seguida, se esfregou com sabão, pegou o álcool isopropílico, refez os passos e desinfetou todas as superfícies em que havia encostado, depois ligou o purificador de ar no máximo e abriu todas as janelas, usou a toalha para tirar a calcinha e o sutiã do chão e jogou tanto a lingerie quanto a toalha no lixo, depois desinfetou o aparelho, depois desinfetou o chão onde havia deixado o aparelho, depois tornou a desinfetar as mãos. *Nossa vida vai ser assim daqui para a frente*, pensou, *uma questão de memorizar as superfícies em que encostamos.* Olive respirou fundo e pôs no rosto um simulacro de calma. Abriu a porta do quarto, nua e enlouquecida, e a filha cruzou o ambiente correndo e pulou nos braços dela. Olive caiu de joelhos, as lágrimas escorrendo quentes pelo rosto e pingando no ombro de Sylvie.

— Mamãe — disse Sylvie —, por que você está chorando?

Porque eu ia morrer na pandemia, mas fui alertada por um viajante do tempo. Porque muita gente vai morrer em breve e não tem nada que eu possa fazer para evitar que isso aconteça. Porque nada faz sentido e talvez eu esteja doida.

— Eu fiquei com tanta saudade de você — disse Olive.

— Você ficou com tanta saudade de mim que teve que voltar mais cedo? — perguntou Sylvie.

— Foi — respondeu Olive. — Fiquei com tanta saudade de você que tive que voltar mais cedo.

Um alarme estranho preencheu o ambiente: era o aparelho de Dion, que sempre fazia um som muito alto quando chegava um alerta público. Por cima do ombro de Sylvie, Olive viu o marido olhando fixamente para a tela. Ele então ergueu a cabeça.

— Você tinha razão — falou Dion. — Me desculpa por ter duvidado de você. O vírus chegou.

Durante os primeiros cem dias de confinamento, Olive sempre se fechava no escritório de manhã e se sentava à escrivaninha, mas era mais fácil ficar olhando pela janela do que escrever. Às vezes, só fazia anotações sobre a paisagem sonora.

Sirene
Silêncio; passarinhos
Sirene
Outra sirene
Uma terceira? Sobrepostas, vindas de pelo menos duas direções
Silêncio absoluto
Passarinhos
Sirene

O borrão dos dias que passavam: Olive acordava às quatro da manhã e trabalhava por duas horas enquanto Sylvie dormia, depois Dion trabalhava das seis até o meio-dia enquanto Olive se aventurava no papel de professora e tentava manter a filha razoavelmente sã, em seguida Olive passava mais duas horas trabalhando enquanto Dion e Sylvie brincavam, depois Sylvie tinha uma hora de holograma enquanto o pai e a mãe trabalhavam, em seguida Dion trabalhava enquanto Olive brincava com Sylvie, e depois, sabe-se lá como, era hora de preparar o jantar, e depois o jantar se dissipava na hora de dormir, e às oito Sylvie já estava dormindo, e Olive ia para a cama não muito depois, então o despertador tocava porque já eram quatro da madrugada de novo etc.

— Podemos pensar nisso como uma oportunidade — disse Dion na septuagésima terceira noite de confinamento.
　Ele e Olive estavam sentados na cozinha, tomando sorvete. Sylvie dormia.
　— Oportunidade de quê? — indagou Olive.
　Mesmo no Dia 73, ela ainda se sentia meio atordoada e incrédula: uma pandemia? *É sério?*

— De pensar em como reentrar no mundo — explicou Dion —, quando a reentrada for possível.

Havia certos amigos de que não sentia falta, disse ele. Sem alarde, estava se candidatando a novos empregos.

— Vamos fingir que essa garrafa de água com gás é uma amiga — sugeriu Sylvie no jantar do Dia 85. — Bota ela para conversar comigo.

— Olá, Sylvie! — disse Olive e colocou a garrafa mais perto da filha.

— Oi, garrafa — respondeu Sylvie.

No confinamento, havia um novo tipo de viagem, embora essa não parecesse ser a palavra correta. Era um novo tipo de antiviagem. No fim da tarde, Olive digitava uma série de códigos no aparelho, vestia um apetrecho que lhe cobria os olhos e entrava no holoespaço. Encontros holográficos já tinham sido aclamados como o caminho para o futuro — por que gastar o tempo e o dinheiro de uma viagem física quando era possível se transportar para uma sala digital prateada e conversar com simulações bruxuleantes dos colegas? —, mas a irrealidade doía de tão insossa. Como o trabalho de Dion incluía muitas reuniões, ele passava seis horas por dia no holoespaço, e à noite estava tonto de exaustão.

— Não entendo por que é tão cansativo — disse ele. — Muito mais do que reuniões normais.

— Acho que é por não ser real. — Era muito tarde, e eles estavam parados diante da janela da sala, olhando para a rua deserta.

— Vai ver você tem razão. Parece que a realidade é mais importante do que a gente imaginava — constatou Dion.

A questão da turnê — a questão de todas as turnês — é que não havia nenhum momento em que não sentisse gratidão, mas também havia sempre rostos demais. Ela sempre tinha sido tímida. Durante as turnês, todos aqueles rostos ficavam aparecendo na frente dela, rosto após rosto após rosto, e a maioria era gentil, mas eram todos os rostos errados, porque depois de alguns dias na estrada as únicas pessoas que Olive queria ver eram Sylvie e Dion.

Mas quando o mundo se encolheu e ficou do tamanho do apartamento e reduzido a uma população de três, era das pessoas que ela sentia falta. Onde estava a motorista que escrevia um livro sobre ratos falantes? Olive nunca sequer soubera como ela se chamava. Onde estavam Aretta — a mensagem de ausência no aparelho de Aretta estava desatualizada tinha semanas, o que era preocupante — e os outros escritores que tinha conhecido na última turnê, Ibby Mohammed e Jessica Marley? Onde estava o motorista que cantarolava um jazz antigo enquanto circulavam por Tallinn? E a mulher da tatuagem em Buenos Aires?

Durante o confinamento, a Colônia Dois era um lugar estranho, gélido e, não fosse pelas sirenes das ambulâncias e o *shhh* suave dos bondes que passavam transportando trabalhadores mascarados da área da saúde, silencioso. Ninguém deveria sair, a não ser para consultas médicas e trabalhos essenciais, mas na centésima noite, enquanto Sylvie dormia, Olive escapuliu pela porta da cozinha para o mundo externo. Ela desceu depressa e sem fazer barulho a escada rumo ao jardim, onde se sentou no gramado, debaixo de uma arvorezinha em forma de guarda-chuva. Estava a centímetros da calçada, mas escondida pelas folhas. Estar fora do apartamento era desnorteante. Tinha certeza de que o ar ali não havia mudado, mas depois da temporada na Terra ele lhe parecia errado, insípido e exageradamente filtrado. Passou uma hora do lado de fora, então entrou de fininho com a sensação de que havia tido uma revelação. Depois disso, começou a sair toda noite para se sentar debaixo da árvore em forma de guarda-chuva.

Foi em uma dessas noites que o jornalista apareceu. O último jornalista, como ela sempre pensaria nele, Gaspery-Jacques Roberts, da *Revista Contingências*. Na noite em que ele apareceu, ela estava debaixo da árvore, sentada no gramado de pernas cruzadas, tentando não pensar nos números do dia — setecentos e cinquenta e dois mortos na Colônia Dois, 3.458 casos —, tentando abandonar os pensamentos conscientes, quando ouviu passos suaves se aproximando. Não imaginou que fosse um policial de patrulha — eles andavam em pares —, mas, como as multas por estar fora de casa durante o confinamento eram altas, ficou imóvel e tentou respirar bem baixinho.

Os passos cessaram, tão próximos que ela via a sombra da pessoa projetada na calçada. Será que tinha sido notada? Parecia impossível. Outra pessoa — outra série de passos — se avizinhava, vindo da direção oposta.

— Zoey? O que é que você está fazendo aqui? — Olive reconheceu a voz do homem imediatamente e perdeu o fôlego.

— Eu poderia te fazer a mesma pergunta — disse uma mulher, que tinha um sotaque igual ao dele.

— Eu te falei na câmara de viagem faz cinco minutos — disse Gaspery. — Quero entrevistar um pesquisador de literatura que entrevistou Olive Llewellyn. Mais uma camada de confirmação.

— Achei estranho você querer partir de novo depois da sua entrevista com ela, fazer uma viagem que não estava marcada.

Gaspery se calou por um instante.

— Achei que você não viajava mais — disse ele, enfim.

— É, pois é, achei que as circunstâncias valiam uma exceção. Gaspery, como você pôde fazer isso?

— Eu ia só conversar com ela — explicou Gaspery. — Ia seguir o plano, mas acabei não conseguindo. Não podia simplesmente deixar ela morrer.

Houve então um momento de silêncio, durante o qual aquelas duas pessoas incompreensíveis, imaginava Olive, estavam olhando para a janela da sala do apartamento dela. Olive ergueu a cabeça, mas de onde estava só via partes do teto da sala, de modo geral encobertas pelas folhas.

— Você bem que me avisou — disse ele, baixinho. — Você falou que o trabalho exigia falta de humanidade, e é verdade. Exige mesmo.

— Você não deveria voltar ao presente — declarou Zoey.

O quê?

— É claro que vou voltar ao presente — retrucou Gaspery. — Estou disposto a encarar as consequências.

— Mas elas vão ser tenebrosas — apontou Zoey. — Eu já vi acontecer.

Fizeram silêncio. Gaspery não respondeu.

— A Cidade da Noite é linda nesta época — constatou, enfim.

— Eu sei. — A mulher estava chorando, Olive percebia pela voz. — Ela ainda não é a Cidade da Noite.

— Tem razão — disse ele. — A iluminação da redoma ainda funciona. Este chão aqui é de paralelepípedos?

— É — respondeu ela —, acredito que seja.

— Tem uma patrulha chegando — disse Gaspery de repente, e eles sumiram, se afastaram juntos, andando a passos ligeiros.

Olive ficou muito tempo ali nas sombras, imersa na estranheza. Era para ela ter morrido na pandemia, pelo que havia entendido, mas Gaspery a salvara. Ele não tinha inclusive dito o que era? *Se um viajante do tempo aparecesse na sua frente...*

Naquela noite, ela pesquisou por Gaspery-Jacques Roberts, e os resultados foram uma torrente de referências à própria obra, o livro e a adaptação cinematográfica de *Marienbad*. Em seguida, procurou pela *Revista Contingências* e achou um website com algumas dezenas de matérias, mas, quanto mais pesquisava, mais parecia se tratar de uma fachada. Fazia muito tempo que ele não era atualizado, e as contas nas redes sociais estavam inativas.

Olive ouviu um barulhinho e se assustou, mas era apenas Sylvie, parada à porta com um pijama de unicórnio.

— Oh, meu amor — disse Olive —, é de madrugada. Vou botar você na cama.

— Não consigo dormir — explicou Sylvie.

— Eu fico um pouquinho com você.

Olive pegou a filha no colo, sentindo o peso quente nos braços, e a levou de volta para o quarto. Tudo no ambiente era azul. Olive a aconchegou debaixo do edredom anil e se sentou ao lado dela. *Era para eu ter morrido na pandemia.*

— A gente pode brincar de Floresta Encantada? — pediu Sylvie.

— Claro que pode — respondeu Olive. — A gente brinca um pouquinho, até você ficar com sono.

Sylvie estremeceu de prazer. A Floresta Encantada era um novo jogo: nunca tinha sido do feitio de Sylvie ter amigos imaginários, mas agora, no confinamento, ela era a rainha de um reino inteiro cheio deles.

— Quando eu estiver com sono a gente para — disse Sylvie, afável. — A gente para antes de eu cair no sono.

— O portal se abre — narrou Olive, pois era assim que o jogo sempre começava.

O quarto de Sylvie era mais silencioso do que o escritório de Olive, pois dava para os fundos do edifício, mas ainda assim Olive escutava o lamento fraco da sirene da ambulância.

— Quem aparece? — perguntou Sylvie.

— A Raposa Mágica entra saltitando. "Rainha Sylvie", diz a Raposa Mágica, "vem rápido! Tem um problema acontecendo na Floresta Encantada!".

Sylvie riu, contente. A Raposa Mágica era a amiga preferida da menina.

— E só eu posso ajudar, Raposa Mágica?

— "É, rainha Sylvie", diz a Raposa Mágica, "só você pode ajudar".

Outra palestra, dessa vez virtual. Não, a mesma palestra, mas apresentada no holoespaço. (No não espaço. Em lugar nenhum.) Olive era um holograma em uma sala cheia de hologramas, um mar de luzes fracas bruxuleando na frente dela, todos reunidos em uma alusão minimalista a uma sala. Ela olhou para as várias centenas de fac-símiles ligeiramente luminescentes de pessoas, corpos de verdade em salas individuais espalhadas pela Terra e pelas colônias, e teve o pensamento desvairado de que falava diretamente com uma congregação de almas.

— Uma questão curiosa — disse Olive —, que eu gostaria de ponderar nestes últimos minutos, é por que tem havido tanto interesse em literatura pós-apocalíptica na última década. Eu tive a grande sorte de poder viajar um bocado para divulgar *Marienbad*...

Céu azul sobre Salt Lake City, passarinhos girando no alto
O terraço de um hotel da Cidade do Cabo, luzes cintilantes nas árvores
Vento agitando um campo de grama alta junto à estação de trem no norte da Inglaterra
— Posso te mostrar minha tatuagem? — disse a mulher de Buenos Aires

— ... e com isso eu quero dizer que tive a oportunidade de conversar com muita gente sobre literatura pós-apocalíptica. Já ouvi um bom número de teorias sobre os motivos para tanto interesse no gênero. Uma pessoa me sugeriu que teria a ver com a desigualdade econômica, que, em um mundo que talvez pareça fundamentalmente injusto, talvez a gente só deseje explodir tudo e recomeçar do zero...

— É a impressão que eu tenho — dissera o livreiro,
em uma livraria antiga de Vancouver, enquanto Olive admirava
os óculos rosa dele

— ... e eu não tenho certeza se concordo, mas é uma hipótese intrigante. — Os hologramas se mexeram e olharam. Ela gostava da ideia de ainda conseguir manter uma sala inteira atenta, mesmo que agora a sala estivesse apenas no holoespaço, mesmo que não fosse uma sala de verdade. —

Alguém me sugeriu que teria a ver com a aspiração secreta ao heroísmo, e achei a ideia interessante. Talvez, em certa medida, a gente acredite que, se o mundo acabasse e fosse refeito, se uma catástrofe impensável acontecesse, talvez nós também seríamos refeitos, talvez como pessoas melhores, mais heroicas, mais honradas.

> — *Não te parece possível?* — *perguntara a bibliotecária de Brazzaville,*
> *os olhos brilhantes, e do lado de fora, na rua,*
> *alguém tocava trompete*
> — *Quer dizer, ninguém quer que isso aconteça, é claro,*
> *mas pense só na oportunidade para o heroísmo...*

— Alguns já me sugeriram que teria a ver com as catástrofes da Terra, a decisão de criar redomas sobre inúmeras cidades, a tragédia de ser forçado a abandonar países inteiros devido à elevação da água ou da temperatura, mas...

> *Uma lembrança: acordar no dirigível entre cidades,*
> *olhar para a redoma sobre Dubai*
> *e, por um instante de enorme confusão, acreditar ter saído da Terra*

— ... isso não me soa verdadeiro. Nossa ansiedade é justificável, e não é uma insensatez sugerir que canalizamos essa ansiedade para a ficção, mas o problema dessa teoria é que nossa ansiedade não tem nada de nova. Quando foi que nós acreditamos que o mundo *não estava* acabando?

"Uma vez, tive uma conversa fascinante com minha mãe, na qual ela falou da culpa que ela e as amigas sentiram por terem trazido os filhos ao universo. Isso foi em meados dos anos

2160, na Colônia Dois. É difícil imaginar época ou lugar mais sossegado, mas elas estavam preocupadas com tempestades de asteroides, e se a vida na Lua se tornaria insustentável, e com a continuidade da viabilidade da vida na Terra..."

A mãe de Olive tomando café na casa onde Olive passara a infância:
toalha de mesa amarela florida
mãos entrelaçadas em torno da caneca azul
o sorriso dela

— ... e meu argumento é que sempre existe alguma coisa. Eu acho que, como espécie, temos o desejo de acreditar que estamos vivendo o clímax da história. É meio que um narcisismo. Queremos acreditar que temos uma importância singular, que estamos vivendo no fim da história, que *agora*, depois desses milênios todos de alarmes falsos, *agora* a situação está pior do que nunca, finalmente chegamos ao fim do mundo.

Em um mundo que já não existe mais, mas cuja data de término
é incerta,
o capitão George Vancouver está de pé no convés do
HMS *Discovery,*
olhando apreensivo para a paisagem desprovida de pessoas

— Mas tudo isso traz à baila uma questão interessante — disse Olive. — E se sempre *for* o fim do mundo?

Ela fez uma pausa para causar impacto. Diante dela, a plateia holográfica estava quase imóvel.

— Porque é lógico pensarmos no fim do mundo — continuou Olive — como um processo constante e interminável.

* * *

Uma hora depois, Olive tirou o apetrecho da cabeça e estava de novo sozinha no escritório. Não tinha certeza se já sentira tamanho cansaço na vida. Ficou um tempo inerte, absorvendo os detalhes do mundo material: as prateleiras de livros, os desenhos emoldurados de Sylvie, a pintura de um jardim que os pais haviam lhe dado de presente de casamento, a peça de metal esquisita que tinha achado na Terra e pendurado na parede porque adorava seu formato. Ela se levantou e foi até a janela para observar a cidade. Rua branca, edifícios brancos, árvores verdes, luzes de ambulâncias. Como era meia-noite, as ambulâncias não precisavam de sirenes. Luzes azul e vermelha brilhavam pela rua e depois se afastavam.

Era para eu ter morrido na pandemia. Olive não entendia totalmente o que isso significava, e, no entanto, era em torno desse ponto que todos os pensamentos dela giravam. Um bonde passou, transportando trabalhadores da saúde, depois outra ambulância, em seguida o sossego voltou. Movimento no ar: uma coruja voando em silêncio na escuridão.

— Quando pensamos na questão de por que *agora* — disse Olive, diante de outra plateia de hologramas, na noite seguinte —, por que o interesse em ficção pós-apocalíptica tem aumentado na última década, acho que precisamos levar em conta o que mudou no mundo nesse meio-tempo, e essa linha de raciocínio inevitavelmente me leva à nossa tecnologia. — Um holograma na primeira fila brilhava de um jeito estranho, o que significava que a conexão do participante era instável. — No que diz respeito a mim, acredito que procuramos a ficção pós-apocalíptica não porque sentimos atração pelos desastres propriamente ditos, mas porque somos atraídos pelo que imaginamos que viria em seguida. No fundo, almejamos um mundo com menos tecnologia.

— Então, imagino que eu não seja a primeira a te perguntar como é ser autora de um romance pandêmico durante uma pandemia — disse outra jornalista.
— Talvez você não seja a primeiríssima.
Olive estava junto à janela, olhando para o céu. A redoma da Colônia Dois tinha o mesmo padrão de pixels das Colônias Um e Três, um desenho cambiante de céu azul e nuvens, mas ela tinha impressão de que havia um trecho defeituoso no horizonte, um segmento que bruxuleava um pouquinho, tornando visível um quadrado de espaço negro. Era difícil saber.
— No que você está trabalhando atualmente? Tem conseguido trabalhar?
— Estou escrevendo um troço doido de ficção científica — disse Olive.
— Interessante. Pode me contar alguma coisa sobre ele?
— Eu mesma não sei de muita coisa, para ser sincera. Não sei nem se é romance ou novela. Na verdade, é algo meio caótico.
— Acho que qualquer coisa escrita este ano vai ser caótica — disse a jornalista, e Olive concluiu que gostava dela.
— O que levou você à ficção científica?
Aquele trecho do céu sem dúvida tinha acabado de piscar. Como seria se a iluminação da redoma desse defeito? Era uma ideia estranha. Sempre havia considerado a ilusão de atmosfera um ponto pacífico.

— Estou confinada há cento e nove dias — respondeu Olive. — Acho que foi só a vontade de escrever alguma coisa que se passasse o mais longe possível do meu apartamento.

— Foi só isso? — questionou a jornalista. — Distância física, uma forma de viajar durante o confinamento?

— Não, acho que não. — A sirene de uma ambulância se aproximava, e então o veículo parou em frente ao edifício do outro lado da rua. Olive virou as costas para a janela. — É que tem... Olha — disse Olive —, não quero parecer melodramática, e sei que a situação agora está igual em muitos lugares, mas é que tem muita morte acontecendo. Há morte por todos os lados. Eu não queria escrever sobre nada que fosse real.

A jornalista ficou calada.

— E eu sei que é igual para todo mundo. Sei da sorte que eu tenho. Sei que poderia ser bem pior. Não estou reclamando. Mas meus pais moram na Terra e não sei se... — Ela teve que se interromper e respirar fundo para se recompor. — Eu não sei quando vou poder vê-los de novo.

Duas ambulâncias passaram, uma logo depois da outra, e então veio o silêncio. Olive olhou para trás. A ambulância do outro lado da rua continuava lá.

— Você está aí? — perguntou Olive.

— Desculpe — disse a jornalista, com a voz embargada.

— Qual é a sua situação? Como estão as coisas por aí? — perguntou Olive, delicadamente.

E lhe ocorreu então que a jornalista parecia ser muito nova. Deu uma olhada na agenda. Ela se chamava Annabel Escobar e trabalhava na cidade de Charlotte, que Olive se lembrava vagamente de ter visitado em uma turnê pelas Carolinas Unidas muito tempo atrás.

— Eu moro sozinha — contou Annabel. — Não é para a gente sair de casa, e é muito... — Mas ela estava chorando, soluçando de verdade.

— Sinto muito — disse Olive. — Deve ser muito solitário.

Ela estava olhando pela janela. A ambulância não tinha saído do lugar.

— É que faz muito tempo que não divido o ambiente com ninguém — justificou Annabel.

Em outra noite de pesquisas, Olive descobriu uma revista acadêmica de séculos antes que fazia referência a certo Gaspery J. Roberts. A revista era dedicada à reforma penitenciária. A busca fez Olive cair num buraco, no qual por fim encontrou registros de prisões da Terra: Gaspery J. Roberts fora condenado a cinquenta anos por homicídio duplo em Ohio no fim do século XX. Mas não havia um retrato, portanto ela não tinha como saber se era o mesmo homem.

— Então, Olive — disse outro jornalista. Eram hologramas em uma sala prateada do holoespaço, junto com outros dois autores que também tinham escrito livros cujas sinopses incluíam pandemias. Os quatro bruxuleavam feito fantasmas. — Quantos exemplares de *Marienbad* você vendeu desde o começo da pandemia?

— Ah — disse Olive —, não sei bem. Bastante.

— Eu sei que você vendeu bastante — retrucou ele. — O livro está na lista de best-sellers em dezenas de países da Terra, nas três colônias lunares e em duas das três colônias de Titã. Estou pedindo que você seja mais específica.

— Lamento, mas não estou com o número de exemplares vendidos à mão — respondeu Olive.

Todos os hologramas a fitavam.

— É sério? — questionou o jornalista.

— Não me passou pela cabeça trazer minhas declarações de royalties para esta entrevista — disse Olive.

Uma hora depois, quando a entrevista acabou, ela tirou o apetrecho da cabeça e ficou um tempo sentada de olhos fechados. Fazia tanto tempo que voltara da Terra para casa que, ao abrir a janela, o ar noturno da Colônia Dois lhe pareceu fresco de novo. O ar podia até ser filtrado, mas havia plantas, havia água corrente, havia do outro lado da janela um mundo tão real quanto qualquer mundo onde alguém já tivesse vivido. Olive se pegou pensando em Jessica Marley, em quem não pensava fazia muito tempo, e no romance insuportável dela sobre crescer na Lua. Olha só, teve vontade de lhe dizer, não existe *dor na irrealidade* acontecendo aqui. Uma vida vivida sob a redoma, em uma atmosfera gerada artificialmente, ainda é vida. Uma sirene soou e se afastou. Olive pegou o aparelho, pesquisou o nome de Jessica e descobriu que ela havia morrido dois meses antes, na Espanha.

— Mamãe? — Sylvie estava à porta. — Sua entrevista acabou?

— Oi, meu amor. Sim. Acabou mais cedo.

Jessica Marley tinha 37 anos.

— Você tem outra entrevista?

— Não. — Olive se ajoelhou diante da filha e lhe deu um abraço rápido. — Só amanhã.

— Então a gente pode brincar de Floresta Encantada?

— Claro que pode.

Sylvie se contorceu um pouco de expectativa. *Era para eu ter morrido na pandemia.* Agora Olive sabia que passaria o resto da vida tentando compreender esse fato. Mas a filha agitada, de 5 anos, estava sentada em frente a ela, sorrindo, e o que ela descobriu nesse momento, enquanto as luzes de mais uma ambulância piscavam no teto, é que era possível retribuir o sorriso. Era essa a lição esquisita de se viver em uma pandemia: a vida pode ser tranquila mesmo perante a morte.

— Mamãe? Vamos brincar de Floresta Encantada.

— Vamos — disse Olive. — O portal se abre...

6

Mirella e Vincent

arquivo corrompido

1

Siga os indícios. Nos anos de treinamento de Gaspery, desde a noite em que ligou para Zoey a fim de lhe desejar um feliz aniversário até o momento atual, esse mantra fora um norte. *Momento atual* começava a parecer uma expressão sem sentido, mas todo momento pode ser destilado em uma data, então digamos que seja 30 de novembro de 2203, na Colônia Dois, nessa cidade tomada por uma pandemia que acabaria matando 5% de seus habitantes, nesse lugar que ainda não era a terra de Gaspery nem Cidade da Noite, e mesmo assim lá estava ele caminhando rápido pelas ruas com Zoey tentando escapar de uma patrulha que fiscalizava a obediência ao confinamento.

— Aqui — disse Zoey, e o puxou para uma porta.

Gaspery ficou espiando pela porta de vidro ao lado, olhando para uma sala com mesas e cadeiras na penumbra. O espaço era um restaurante, ou tinha sido. Todos os restaurantes da Colônia Dois estavam fechados.

Eles ficaram grudados um no outro junto às sombras, prestando atenção. Gaspery só escutava sirenes.

— Você sabe que descumpriu o protocolo mais importante — disse Zoey, baixinho. — Por que fez isso?

— Foi impossível não dizer nada a ela — respondeu Gaspery.

— Tudo bem, a situação é a seguinte. Eu só fiz uma análise preliminar, mas, pelo que deu para perceber, sua decisão de salvar Olive Llewellyn não teve nenhum impacto perceptível no Instituto do Tempo.

— Isso significa que não vou ter problemas?

— Não — respondeu ela —, significa que você não ficou imediatamente perdido no tempo. Significa que sua prerrogativa de viajar ainda não foi revogada, porque investimos cinco anos de treinamento em você e talvez você ainda tenha alguma serventia para o Instituto do Tempo, pelo menos no decorrer dessa investigação. Mas, se eu fosse você, arrancaria o rastreador do braço e não voltaria mais. — Ela levantou o próprio aparelho. — Preciso ir. Fique aqui, nesta época, que eu tento vir te visitar.

— Espera aí. Por favor.

Zoey ficou imóvel, observando-o.

— Eu sei que você jamais faria o que eu fiz — disse ele. — Mas vamos imaginar que tivesse feito. Se estivesse no meu lugar, Zoey, o que você faria?

— Tenho dificuldade de imaginar coisas que não são reais — respondeu ela.

— Não pode tentar?

Zoey suspirou e fechou os olhos. O que passou pela cabeça de Gaspery naquele momento, ao observá-la, era que ele era a única pessoa com quem ela podia contar. Os pais deles eram falecidos. Ela nunca havia se casado. Se tinha amigos ou interesses românticos, eles nunca surgiram em conversas. Gaspery sentiu uma culpa imensurável. Zoey abriu os olhos.

— Eu posso tentar resolver a anomalia — disse ela.

— Como?

Zoey passou tanto tempo calada que ele achou que não lhe daria uma resposta.

— Espera um pouco — disse ela. — As melhores equipes de pesquisa que nós temos demoraram um ano para calcular essas coordenadas. — Zoey digitou alguma coisa no aparelho dela e Gaspery ouviu o próprio aparelho tocar baixinho no bolso.

— Te mandei um novo destino — declarou Zoey. — A gente não sabe o horário, só sabe o dia e o lugar, então você vai ter que esperar na floresta.

Ela digitou outro código no aparelho e sumiu.

Gaspery ficou sozinho em frente à porta, na cidade certa, mas no tempo errado. Ele fechou os olhos e refletiu sobre o rumo da investigação, pois preferia isso a pensar na irmã, ou no que o aguardava caso voltasse a seu próprio tempo. Tinha um novo destino. Ele digitou os códigos no aparelho e foi embora.

2

Ele estava na praia de Caiette. Pelas coordenadas, viu que tinha ido parar no verão de 1994, mas a princípio achou que fosse um erro, porque o lugar parecia exatamente igual a oito décadas antes. Ele estava olhando as duas ilhotas, tufos de árvores do outro lado da água, e por um instante ficou desorientado, pensando estar de volta a 1912, vestido com as roupas de um padre do começo do século XX e preparando-se para encontrar Edwin St. Andrew na igreja.

A igrejinha branca na encosta não tinha mudado nada desde a última vez que estivera ali — devia ter sido pintada de novo fazia pouco tempo —, mas as casas ao redor estavam diferentes. Ele deu as costas para o assentamento e deixou o olhar recair sobre o oceano. O sol surgia, tons de azul e rosa se propagando sobre a água. Gostava da forma como ela se mexia, da repetição delicada das ondas. Pegou-se pensando na mãe, pela primeira vez em algum tempo. Ela havia passado um tempo na Terra quando criança. Deixava sempre uma foto emoldurada do mar da Terra na cozinha da casa onde ele fora criado, um pequeno retângulo de ondas na parede junto ao fogão. Ele se lembrou dela olhando a foto enquanto mexia a sopa. E no entanto, para ele, o mar não pesava no coração, não fazia parte de nenhuma das lembranças de infância, de nenhum dos momentos importantes de sua vida: era apenas algo que tinha visto nos filmes e visitado a trabalho, portanto não conseguia ter muitos sentimentos por ele. Depois de um instante, Gaspery se virou e se afastou pela praia, seguindo as coordenadas que piscavam no aparelho. Deixou para trás a última casa e entrou na floresta.

Caminhar na floresta era mais fácil agora do que quando estava de batina, mas continuava sem talento para isso. O chão era macio demais; as roupas enganchavam nos galhos; sentia-se atacado por todos os lados. Era uma tarde ensolarada, mas devia ter chovido naquela manhã. Samambaias molhavam-lhe as pernas. Os sapatos eram menos impermeáveis do que imaginara. O aparelho pulsava na mão, indicando que estava muito perto do lugar que procurava. Com o intuito de examinar a tela, ele soltou o galho que estava segurando, e o galho lhe açoitou o rosto.

Ali estava o bordo, 82 anos mais velho do que da última vez que o vira. Tinha ganhado menos altura do que amplitude e magnificência. A clareira ao redor havia se alargado com a passagem do tempo. Gaspery caminhou sob a copa da árvore, para observar o sol filtrado pelas folhas, e pela primeira vez em muito tempo sentiu uma reverência genuína.

Quando Vincent Smith apareceria ali? Não tinha como saber. Gaspery deu um passo para fora da clareira e teve que fazer um esforço para entrar na mata densa, onde se ajoelhou na terra fria e úmida, e esperou.

Ele ficou imóvel, atento aos sons. Outra coisa de que não gostava nas florestas era o barulho constante, nada parecido com o ruído branco uniforme das cidades lunares, dos mecanismos distantes que aumentavam a gravidade a níveis terrestres, mantinham o ar dentro das redomas respirável e criavam a ilusão de uma brisa. Não havia padrão no ruído branco das florestas, e o acaso deixava Gaspery tenso. O tempo passou, horas. Sentiu câimbra e uma sede desesperadora. Levantou-se algumas vezes, para alongar o corpo, e depois tornou a se agachar. Era impossível ouvir alguma coisa chegando até que chegasse. Pouco depois das quatro horas da tarde, ele ouviu os passos suaves da menina no caminho.

Vincent Smith aos 13 anos: ela parecia ter cortado o cabelo sozinha com uma tesoura cega antes de tingi-lo de azul-claro. Os olhos tinham um contorno preto. Ela irradiava desleixo. Andava devagar, olhando pelo visor da câmera, e do esconderijo Gaspery reconheceu a cena: ele já tinha estado em um teatro em Nova York e assistido a uma apresentação musical um tanto entediante acompanhada da gravação que Vincent criava naquele exato instante. Ela parou debaixo da árvore, apontou a câmera para cima...

... e a realidade rompeu: Gaspery e Vincent estavam na catedral cavernosa e ecoante do terminal de dirigíveis de Oklahoma City, onde Olive Llewellyn andava um pouco à frente deles e notas de violino preenchiam o ar. E ali também, embora isso fosse impensável, estava Edwin St. Andrew, a cabeça levantada na direção dos galhos/do teto do terminal...

Vincent cambaleou e quase deixou a câmera cair no chão. Gaspery tapava a boca com as mãos, pois queria gritar, e o terminal sumiu. Uma coisa é ter a noção abstrata de que um momento pode corromper outro momento; outra é vivenciar os dois momentos simultaneamente; outra, ainda, é suspeitar do significado disso. Vincent olhava para todos os lados, mas Gaspery estava agachado e ela não o viu. Ele fechou os olhos, enfiou as mãos na lama e tentou se convencer de que a água fria que ia até os joelhos da calça era real.

3

Mas o que torna o mundo real?

Gaspery estava deitado de costas na lama, olhando para as folhas, que formavam uma silhueta contra o céu cada vez mais escuro, e teve impressão de que estava ali havia um tempo. A noite caía na floresta. Vincent havia sumido. Ele se sentou com certo esforço — as costas estavam rijas: quanto tempo fazia que estava deitado ali sem se mexer? — e enviou uma mensagem pelo aparelho: *Eu vi! Eu vi o arquivo corrompido! É verdade mesmo, Zoey.*

Não recebeu resposta. Ele sabia o que tinha feito, sabia ter desobedecido à regra mais importante ao salvar Olive Llewellyn, mas ainda tinha um tiquinho de esperança de que a mensagem pudesse salvá-lo.

4

Gaspery voltou ao momento em que havia partido, à Sala de Viagem 8 no terceiro subporão do Instituto do Tempo, Zoey diante dele sentada à mesa de controle.

— Eu vi! — exclamou Gaspery. — Eu vi a anomalia.

— Recebi sua mensagem. — Zoey olhava fixamente para ele, e Gaspery percebeu que a irmã andara chorando. — Acabei de falar com o Ephrem — disse ela. — Você está sendo tirado do serviço ativo.

— O que vai acontecer comigo?

— Nada de bom.

— Eu sei o que fiz — falou Gaspery. — Mas, se eu terminar a investigação, quem sabe eles...

— Acho que não tem nada que você possa fazer para se salvar agora.

— Mas *talvez* tenha. Escuta. Só quero mais um grau de confirmação, outro testemunho. Preciso de mais dois destinos.

Gaspery saiu da máquina e entregou o aparelho.

Zoey olhou para ele e franziu a testa.

— Mil novecentos e dezoito?

— Eu tenho mais perguntas para fazer a Edwin St. Andrew.

— Em 1918? Ele vivenciou a anomalia em 1912. E o que tem em 2007?

— Uma festa a que Vincent Smith compareceu — explicou ele. — Bom, imagino que a essa altura ela fosse Vincent Alkaitis. A festa estava em uma lista de destinos secundários.

— Mas seu aparelho e seu rastreador estão inativos — disse ela.

— Zoey — suplicou Gaspery. — Por favor.

Ela fechou os olhos por um instante e em seguida pegou o aparelho dele. Estava digitando alguma coisa que ele não viu, depois se aproximou da projeção para o escaneamento da íris.

— Estou cancelando a ordem de inativação — explicou. A voz dela estava estranhamente monocórdia, e ele viu o terror nos olhos da irmã. — Ephrem vai chegar a qualquer instante, provavelmente com seguranças. Não vou te impedir de ir, Gaspery, mas não tenho como te proteger se você voltar.

— Entendo — disse ele. — Obrigado.

Gaspery ouviu uma batida à porta no momento em que partia.

5

Gaspery saiu de um banheiro masculino em Nova York no inverno de 2007, adentrando o calor e as luzes de uma festa em uma galeria de arte. Caminhava devagar em meio à multidão, tentando se orientar. Estava à procura de Vincent Smith. Sabia que ela estaria ali — a presença dela entrara para o registro histórico porque em algum canto do salão havia um fotógrafo da alta sociedade —, mas o que isso queria dizer, em 2007, era que Mirella Kessler também estava ali, e, depois do encontro esquisito com ela em 2020, Gaspery queria evitá-la.

Ele as viu juntas do outro lado do salão, admirando uma pintura a óleo de grandes dimensões. Pegou uma taça de vinho tinto de uma bandeja redonda e foi observar outro quadro enquanto planejava o movimento seguinte. Estava muito aborrecido com a multidão. Eles davam apertos de mão e trocavam beijos na bochecha — o que, mesmo depois de todo o treinamento pelo qual passara para adquirir sensibilidade cultural, lhe parecia algo bizarro de se fazer durante a época das gripes. Essa gente não tem nenhuma experiência direta com pandemias, lembrou-se. Ninguém ali tinha idade para se lembrar do inverno de 1918-1919; o ebola só irromperia dali a alguns anos, e de modo geral ficaria restrito ao outro lado do Atlântico; a covid-19 só surgiria treze anos depois. Gaspery começou a se deslocar lentamente pelo perímetro do salão, indo em direção a Vincent.

Em 2007, Vincent era rica, e tinha um lustro de elegância e autoconfiança que ele não esperaria da menina largada de cabelo azul que havia acabado de encontrar em Caiette. O braço dela estava entrelaçado ao de Mirella e elas estavam paradas diante de uma pintura, mas, como ele agora via, não a observavam de fato. Conversavam de um jeito conspiratório. Mirella ria baixinho. Aparentavam uma inseparabilidade que o levou às raias do desespero. Mas então Vincent se afastou para cumprimentar outra pessoa, enquanto Mirella se virou à procura do marido, e Gaspery percebeu que aquela era a chance dele.

— Vincent?

— Olá. — Ela tinha um sorriso afável, e ele gostou dela no mesmo instante.

— Desculpe incomodá-la. É que estou conduzindo uma investigação em nome de um colecionador de arte e estava pensando se poderia te fazer uma perguntinha rápida sobre os vídeos do seu irmão, Paul.

Ele conseguiu a atenção dela. Vincent arregalou os olhos.

— Meu irmão? Mas eu achava... Eu não sabia que ele fazia vídeos. Ele é músico. Ou compositor, acho eu.

— Essa é a minha suspeita — disse ele. — Não acho que foi ele quem gravou os vídeos. Acho que foi outra pessoa.

Ela franziu a testa.

— Você pode me dizer como eles são?

— Bom, tem um em especial — disse Gaspery. — O cinegrafista está andando numa floresta. Acho que na Colúmbia Britânica. Num dia ensolarado. A julgar pela qualidade da gravação, eu diria que deve ter sido em meados dos anos 1990.

O olhar dela se abrandou. Gaspery tinha a sensação de que realizava uma espécie de hipnose.

— O cinegrafista anda por uma trilha — continuou ele —, vai em direção a um bordo.

Ela assentiu.

— Eu filmava essa trilha o tempo inteiro — disse.

— Nesse vídeo específico acontece uma coisa estranha. Tem um lampejo bizarro e tudo fica preto por um instante. Imagino que tenha sido só um defeito na fita...

— Acho que foi mesmo um defeito — rebateu Vincent —, mas não na fita.

— Você viu?

— Eu ouvi uns barulhos estranhos e tudo ficou escuro.

— O que foi que você ouviu?

— O som de um violino. Depois um barulho hidráulico, ou algo assim. Foi inexplicável. — De repente os olhos dela focaram. — Desculpa — disse —, qual é mesmo o seu nome?

O marido dela atravessou a multidão para se aproximar deles, trazendo uma taça de vinho para Vincent, e Gaspery se aproveitou dessa distração momentânea para fugir. Sentiu uma euforia estranha, feita de partes iguais de alegria e exaustão. Tinha uma entrevista corroborante, gravada no aparelho. Tinha as observações dele próprio. Pela primeira vez desde a entrevista com Olive Llewellyn, na manhã daquele dia estranho e aparentemente infinito, teve a sensação de que talvez não estivesse condenado.

Mas Gaspery hesitou junto à porta do banheiro masculino, observando a festa, e sua felicidade se dissipou. Ali estava a atrocidade sobre a qual Zoey o alertara, o desgraçado conhecimento de como acabaria a história de todo mundo. Ele percorreu o ambiente com o olhar e pela primeira vez na vida se sentiu velho.

Vincent e o marido brindaram com as taças. Dali a catorze meses Alkaitis seria preso por administrar um enorme esquema de Ponzi, depois seria solto sob fiança e então fugiria para Dubai — abandonando Vincent — e passaria o resto de sua longa vida em uma série de hotéis.

Vincent viveria mais doze anos, e então desapareceria em circunstâncias misteriosas do convés de um navio de carga.

Ali perto estava Mirella, conversando com o marido, Faisal. Faisal era um investidor do esquema fraudulento de Jonathan, e, quando o esquema desmoronasse, dali a um ano, ele perderia tudo, assim como os parentes que tinham investido por insistência dele. Faisal cometeria suicídio.

Mirella acharia o corpo e o bilhete. Continuaria em Nova York por mais de uma década, até março de 2020, quando viajaria para Dubai por motivos desconhecidos, chegando bem a tempo de ficar presa na cidade devido à pandemia de covid-19. Lá, conheceria Himesh Chiang, hóspede do mesmo hotel em que ela ficaria, e passado um tempo os dois voltariam à Londres, cidade natal dele, onde sobreviveriam à pandemia, se casariam e passariam o resto da vida juntos. Ela daria à luz três filhos, teria uma carreira bem-sucedida como gerente de uma rede varejista e morreria de pneumonia aos 85 anos, um ano depois do falecimento do marido em um acidente de trânsito.

No entanto, tantas coisas são inevitavelmente deixadas de fora de qualquer biografia, de qualquer relato de qualquer vida. Antes de tudo isso, antes de Mirella perder Faisal, antes dessa festa nessa cidade à beira-mar, ela fora criança em Ohio. Gaspery estremeceu. Ele se lembrou da forma como ela o olhara no parque, em janeiro de 2020. *Você estava debaixo do elevado*, dissera, com uma certeza terrível. *Em Ohio, quando eu era criança.* Não só isso. Ela disse que ele tinha sido preso ali.

Ele vinha pensando em 1918 como a última viagem. Não poupara esforços para se salvar, e depois de 1918 iria para casa a fim de encarar as consequências. Mas naquele momento, ao observar Mirella, percebeu que era tarde demais. Ele iria para 1918, porém haveria mais um destino depois.

7

Remessa

1918, 1990, 2008

1

Em 1918, Edwin não tinha mais irmãos e tinha apenas um pé. Morava com os pais na propriedade da família. Andava sem parar, ao que parece porque estava tentando melhorar a andadura — tinha uma prótese e caminhava gingando —, mas, na verdade, era porque, se parasse de se movimentar, o inimigo poderia apanhá-lo. Ele andava o tempo inteiro, dia e noite. O sono sempre o transportava para as trincheiras, por isso evitava dormir, o que significava que o sono o emboscava quando menos esperava: lendo na biblioteca, sentado no jardim, uma ou duas vezes durante o jantar.

Os pais não sabiam direito como conversar com ele, ou sequer como olhar para ele. Não podiam mais acusá-lo de ser preguiçoso, pois era um herói de guerra, mas também um tanto inválido. Era óbvio para todos que ele não estava bem.

— Você mudou tanto, querido — disse-lhe a mãe em tom delicado, e ele não sabia se isso era um elogio, uma acusação ou uma mera observação; nunca tinha sido bom em interpretar as pessoas, e agora estava ainda pior.

— Bom — disse ele —, vi algumas coisas que queria não ter visto.

O maior eufemismo do maldito século XX.

Ele sentia mais empatia pela mãe do que outrora, no entanto. Quando Abigail devaneava à mesa do jantar, quando a conversa se desviava para as colônias e o rosto dela era tomado pelo que os filhos costumavam apelidar grosseiramente de "expressão da Índia Britânica", agora Edwin entendia mais nitidamente que ela estava lamentando uma perda. Ele ainda considerava o Raj indefensável, mas isso não significava que a mãe não tivesse perdido um mundo inteiro. Não era culpa dela que o mundo em que havia crescido tivesse deixado de existir.

Às vezes, no jardim, ele gostava de conversar com Gilbert, embora Gilbert estivesse morto. Gilbert e Niall tinham morrido na Batalha do Somme, com um dia de diferença, enquanto Edwin havia sobrevivido a Passchendaele. Não, "sobrevivido" é a palavra errada. O corpo animado de Edwin tinha voltado de Passchendaele. Agora ele pensava no próprio corpo em termos estritamente mecânicos. O coração batia sem cessar. Ele continuava respirando. Tinha uma boa saúde física, a não ser pela falta do pé, mas de resto estava louco. Era difícil estar vivo no mundo.

— Não é incomum. — Edwin ouvira o médico dizer no corredor que dava no quarto dele, nas primeiras semanas, quando a única coisa que fazia era ficar deitado na cama. — Os meninos que foram para lá e acabaram nas trincheiras, bom... Alguns deles viram coisas que nenhum de nós deveria ver.

Edwin não havia se entregado por completo. Estava se esforçando. Ele agora se levantava e se vestia de manhã, comia os alimentos que lhe apareciam na frente, à mesa, e então, sem forças, passava boa parte do que restava do dia no jardim. Gostava de se sentar no banco debaixo da árvore e conversar com Gilbert. Sabia que Gilbert não estava ali — não estava *tão* doido assim —, mas não tinha mais ninguém com quem falar. Já tivera amigos ali antes, mas agora um deles se encontrava na China e todos os outros estavam mortos.

— Agora que você e o Niall morreram — confidenciou ele a Gilbert —, eu vou herdar o título e o patrimônio.

Ficou surpreso com a pouca importância que dava a isso.

Edwin foi tomado por um sobressalto estranho certa manhã, quando foi até o jardim murado e viu um homem sentado no banco. Por um instante, achou que era Gilbert — àquela altura tudo parecia possível —, mas então se aproximou e a identidade verdadeira do homem se revelou quase igualmente singular: era o impostor da igrejinha na ponta oeste da Colúmbia Britânica, o homem esquisito com roupa de padre que ninguém mais naquele lugar tinha visto e sobre o qual ninguém ouvira falar.

— Por favor — disse o homem. — Sente-se. — Tinha aquele mesmo sotaque estrangeiro que Edwin não conseguia situar.

Edwin se sentou no banco ao lado dele.

— Achei que você fosse uma alucinação — declarou. — Quando vi o padre Pike e perguntei a ele sobre o padre novo com quem eu tinha acabado de falar, ele me olhou como se eu tivesse duas cabeças.

— Meu nome é Gaspery-Jacques Roberts. — O estranho se apresentou. — Infelizmente, só tenho uns minutinhos, mas queria ver você.

— Uns minutinhos para quê?

— Um compromisso. Você vai me achar maluco se eu contar os detalhes.

— Lamento dizer que não estou em condições de julgar as maluquices de ninguém neste momento, mas por que você está à espreita no meu jardim?

Gaspery hesitou.

— Você esteve no *front* ocidental, não foi?

Lama. Chuva fria. Uma explosão, luz ofuscante, coisas caindo em volta dele, então uma dessas coisas o atingiu no peito, e quando olhou para baixo reconheceu o braço do melhor amigo...

— Bélgica — confirmou Edwin, por entre os dentes cerrados.

"Amigo" não era a palavra certa para o que aquele homem era para ele, na verdade. A coisa que atingiu seu casaco e caiu a seus pés era o braço de seu amor. A cabeça de seu amor caíra ali perto, na lama, os olhos ainda arregalados de espanto.

— E agora você teme pela sua sanidade — disse Gaspery com cautela.

— Ela sempre foi meio frágil, para ser honesto — respondeu Edwin.

— Você se lembra do que viu na floresta de Caiette? Já faz alguns anos.

— Lembro muito bem, mas foi uma alucinação. A primeira de muitas, infelizmente.

Gaspery se calou por um instante.

— Não sei explicar a mecânica — disse ele. — Minha irmã provavelmente saberia, mas isso ainda está além da minha capacidade. Mas, o que quer que tenha acontecido com você depois disso, o que quer que possa ter visto na Bélgica, é bem possível que você seja mais são do que imagina. Garanto que aquilo que viu em Caiette era real.

— Como posso saber se você é real? — questionou Edwin.

Gaspery esticou a mão e encostou-a no ombro de Edwin. Ficaram assim durante um tempo, Edwin fitando a mão em seu ombro, e então Gaspery afastou a mão e Edwin pigarreou.

— O que eu senti em Caiette não pode ter sido real — disse. — Foi uma confusão dos sentidos.

— Foi mesmo? Creio que você tenha ouvido algumas notas de violino, tocadas por um músico em um terminal de dirigíveis no ano de 2195.

— Um terminal... Ano dois mil cento e *quê*?

— Seguido por um barulho que deve ter soado bem esquisito para você. Um *ushhh*, não foi?

Edwin o encarava.

— Como é que você sabe?

— É que é esse o barulho que os dirigíveis fazem — explicou Gaspery. — Ainda vai levar um tempo até que eles sejam inventados. Quanto ao violino... Era uma canção de ninar, não é? — Ele ficou em silêncio por um instante, depois murmurou algumas notas. Edwin agarrou o braço do banco. — O homem que compôs a música só vai nascer daqui a 189 anos.

— Nada disso é possível — retrucou Edwin.

Gaspery suspirou.

— Pense nisso em termos de... bom, em termos de corrupção. Momentos no tempo que podem corromper uns aos outros. Aconteceu um problema, mas não teve nada a ver com você. Você foi só o homem que viu. Você ajudou na minha investigação, e acredito que esteja em um estado um tanto delicado. Imaginei que pudesse acalmar um pouco sua mente saber que talvez você esteja mais lúcido do que imagina. Naquele momento, pelo menos, você não estava alucinando. Estava vivenciando um momento de outro ponto do tempo.

O olhar de Edwin se desviou do rosto do sujeito para a decrepitude moderada do jardim em setembro. As sálvias estavam desfolhadas, de modo geral, com talos marrons e folhas secas, alguns últimos brotos com tufos azuis e violeta à luz fraca. Ele ficou impressionado com o entendimento do que sua vida poderia ser a partir daquele momento: poderia viver ali sossegado, cuidar do jardim, e talvez um dia isso bastasse.

— Agradeço por ter me falado — disse.

— Não conte a ninguém. — Gaspery se levantou e tirou uma folha que tinha caído no casaco. — Ou vai acabar internado em um hospício.

— Aonde você vai? — perguntou Edwin.

— Tenho um compromisso em Ohio — respondeu Gaspery. — Boa sorte.

— Ohio?

Mas Gaspery já estava se afastando dele, desaparecendo na lateral da casa. Edwin observou enquanto o homem ia embora e continuou no banco por bastante tempo, horas, vendo o jardim desvanecer no lusco-fusco.

2

Gaspery deu a volta pela lateral da casa e, à sombra de um salgueiro-chorão, ficou um tempo de pé olhando para o aparelho. Uma mensagem pulsou suavemente na tela: *Retorne.* Ele tinha esgotado os limites do itinerário. O único destino possível era voltar para casa. Por um instante, contemplou a ideia absurda de permanecer em 1918, depois de enterrar o aparelho no jardim e tirar o rastreador do braço, se arriscando na pandemia de gripe e tentando se arranjar em um mundo estrangeiro, mas, ao mesmo tempo que pensava nisso, já digitava o código, já partia, e, ao abrir os olhos na luz cruel do Instituto do Tempo, não se surpreendeu ao ver as figuras ali reunidas, os homens e as mulheres de uniforme preto esperando com armas em punho. A surpresa, no entanto, era que a relações-públicas de Olive Llewellyn estava ao lado de Ephrem. Eram os únicos que não estavam uniformizados.

— Aretta?

— Olá, Gaspery — disse ela.

— Fique parado onde está, por favor — falou Ephrem. — Não precisa sair da máquina. — As mãos dele estavam entrelaçadas atrás do corpo.

Gaspery não se mexeu. Ao esticar o pescoço, viu nos fundos da sala Zoey sendo contida por dois homens.

— Jamais imaginei — disse ele a Aretta.

— É porque sou competente no que faço — respondeu Aretta. — Não saio por aí contando para as pessoas que sou uma viajante do tempo.

— Faz sentido. — Gaspery estava meio atordoado. — Desculpa — disse ele a Zoey. — Me desculpa por ter te enganado.

Mas ela já estava sendo escoltada para fora da sala, a porta se fechando.

— Você enganou ela? — indagou Ephrem.

— Eu disse à Zoey que iria para 1918 como parte da investigação. Na verdade, fui lá para tentar salvar o Edwin St. Andrew de morrer no hospício.

— É sério, Gaspery? Mais um crime? Alguém tem a biografia atualizada?

Aretta franzia a testa enquanto olhava para o próprio aparelho.

— Biografia atualizada — anunciou ela. — Trinta e cinco dias depois da visita de Gaspery, Edwin St. Andrew faleceu na pandemia de gripe de 1918.

— Não é a mesma biografia? — Ephrem esticou a mão para pegar o aparelho dela, leu por um instante e o devolveu com um suspiro. — Se você não tivesse alterado a linha do tempo — disse a Gaspery —, ele ainda assim teria morrido de gripe, só que 48 horas depois e em um hospício. Entendeu como foi *sem sentido*?

— Você é que não está entendendo — rebateu Gaspery.

— É bem possível. — Havia lágrimas nos olhos de Ephrem? Ele parecia cansado e hostil. Um homem que preferia ser arborista; um homem em uma situação difícil, fazendo um trabalho difícil. — Tem alguma coisa que você queira dizer?

— Nós já estamos nas últimas palavras, Ephrem?

— Bom, nas últimas palavras deste século — disse Ephrem. — Últimas palavras na Lua. Lamento dizer que você vai viajar um bocado e não vai voltar.

— Você pode cuidar do meu gato? — pediu Gaspery.

Ephrem piscou.

— Sim, Gaspery, eu cuido do seu gato.

— Obrigado.

— Mais alguma coisa?

— Eu faria tudo de novo — declarou Gaspery. — Sem nem pensar duas vezes.

Ephrem suspirou.

— Bom saber disso.

Ele segurava uma garrafa de vidro às costas, então a ergueu e borrifou alguma coisa no rosto de Gaspery. O cheiro era doce, as luzes se apagaram e em seguida as pernas de Gaspery cederam…

3

... enquanto desaparecia, ele teve impressão de que Ephrem havia entrado na máquina atrás dele...

4

... Dois tiros, um logo depois do outro...

Passos, um homem fugindo...

Gaspery estava em um túnel. Luz nas duas pontas. Não só luz, mas também neve...

Não, não era um túnel, era um elevado. Ele sentia o cheiro do escapamento dos carros do século XX. Estava muito sonolento por causa do que tinham acabado de lhe espirrar no rosto. Estava de costas para o aterro.

Ephrem também estava lá, tranquilo e eficiente em seu terno preto.

— Sinto muito, Gaspery — disse ele baixinho, o bafo quente no ouvido de Gaspery. — De verdade.

Ele arrancou o aparelho da mão de Gaspery e, em seu lugar, colocou um objeto duro e frio e muito mais pesado...

Uma arma. Gaspery olhou para ela, curioso, e o fugitivo — o atirador, ele compreendeu vagamente — desapareceu, correndo e saindo de seu campo de visão. Ephrem também sumiu, um fantasma efêmero. O ar estava gelado.

Ele ouviu um gemido baixo próximo de seus pés. Tinha dificuldade para permanecer acordado. Os olhos não paravam de se fechar. Mas ele viu dois homens deitados ali perto, dois homens cujo sangue se infiltrava no concreto, e um deles o olhava nos olhos. Era nítida a confusão no olhar do homem — *Quem é você? De onde foi que você veio?* —, mas ele já tinha passado do ponto em que poderia falar, e, enquanto Gaspery o observava, a luz lhe abandonou os olhos. Gaspery estava sozinho debaixo de uma via expressa com dois homens mortos. Ele cochilou por um instante. Ao abrir os olhos, estava fitando a arma que tinha na mão, e as peças do quebra-cabeça começaram a se encaixar. *É possível se perder no tempo*, dissera Zoey, em outro século. Por que se dar ao trabalho de encarcerar um homem na Lua pelo resto da vida se esse homem podia ser enviado para outro lugar, incriminado e preso no lugar de outra pessoa?

Ele percebeu uma movimentação à esquerda. Virou a cabeça, bem devagar, e viu as crianças. Duas meninas, talvez de 9 e 11 anos, de mãos dadas. Estavam andando debaixo do elevado, mas agora paravam a certa distância e olhavam fixamente. Ele viu as mochilas e entendeu que estavam voltando da escola para casa.

Gaspery deixou a arma cair da mão e ela retiniu como se fosse um objeto inofensivo. As luzes caíam sobre ele em uma enxurrada, vermelhas e azuis. As meninas olhavam para os dois homens mortos, depois a mais nova olhou para Gaspery e ele a reconheceu.

— Mirella — disse ele.

5

Nenhuma estrela arde para sempre. Gaspery raspou as palavras na parede do presídio alguns anos depois, com tamanha delicadeza que, a qualquer distância de que se olhasse, elas pareciam ser uma falha na pintura. Era preciso chegar perto para ver, e era preciso ter vivido no século XXII ou depois para saber o que significavam. Era preciso ter visto aquela coletiva de imprensa do século XXII, a presidente da China em um palanque com meia dúzia de seus líderes mundiais preferidos às costas, as bandeiras rasgando o céu azul brilhante.

Como tinha muito tempo na prisão, um tempo infinito, Gaspery passava a maior parte dele refletindo sobre o passado, não, o futuro, o momento em que entrara na sala de Zoey no aniversário dela com cupcakes e flores e tudo que tinha acontecido depois. O que se sucedia agora era terrível, estava na cadeia no século errado e morreria ali, mas, à medida que os meses viravam anos, ele descobria que os arrependimentos que sentia eram poucos. Ter avisado Olive Llewellyn da pandemia iminente não fora, por mais que revirasse aquele instante na cabeça, a coisa errada a fazer. Se uma pessoa está prestes a se afogar, você tem o dever de tirá-la da água. Estava com a consciência limpa.

— O que foi isso que você escreveu aí, Roberts? — perguntou Hazelton.

Era seu companheiro de cela, um homem muito mais jovem que nunca parava de andar de um lado para outro e de falar. Gaspery não ligava para ele.

— Nenhuma estrela arde para sempre — respondeu Gaspery.

Hazelton assentiu.

— Gostei — disse. — O poder do pensamento positivo, né? Você está na cadeia, mas não vai ser para sempre, porque nada é *para sempre*, né? Toda vez que começo a ficar meio deprimido com a minha vida, eu... — Hazelton continuou falando, mas Gaspery parou de escutar.

Estava calmo nessa época, de um jeito que jamais esperaria estar. Nos fins de tarde, gostava de se sentar no cantinho do beliche, quase caindo, porque daquele ângulo um pedacinho do céu ficava visível da janela, e através dela enxergava a lua.

# 8

Anomalia

1

Este é o fim prometido?

Uma linha do romance *Marienbad*, de Olive Llewellyn, mas na verdade uma citação de Shakespeare. Achei na biblioteca da prisão quando já estava lá fazia cinco ou seis anos, em uma edição em brochura sem capa.

2

Nenhuma estrela arde para sempre.

3

Não muito tempo depois do meu aniversário de 60 anos, comecei a ter um problema no coração, o tipo de coisa que seria facilmente resolvido no meu século, mas era perigoso neste tempo e espaço, e fui transferido para o hospital penitenciário. Não conseguia ver a lua do leito em que estava, então agora só me restava fechar os olhos e ver filmes antigos:

a caminho da escola na Cidade da Noite, passando pela casa onde Olive Llewellyn passara a infância, as janelas da frente com tapumes e a placa;
de pé na igreja de Caiette em 1912, com minha fantasia de padre, esperando Edwin St. Andrew entrar trôpego;
correndo atrás de esquilos aos 5 anos, no matagal entre a redoma da Cidade da Noite e a Estrada da Periferia;
bebendo com Ephrem atrás da escola em uma tarde sem sol quando tínhamos uns 15 anos, uma daquelas tardes que pareciam meio perigosas, embora só estivéssemos nos embriagando um pouco e contando piadinhas bobas;

de mãos dadas e rindo com a minha mãe em um dia ensolarado na Cidade da Noite quando tinha 6 ou 7 anos, parando para olhar o rio da ponte de pedestres, a água preta e cintilante lá embaixo...

— Gaspery.

Senti uma dor aguda no braço. Ofeguei e quase gritei, mas a mão de alguém tapava minha boca.

— Shh — sussurrou Zoey.

Ela parecia estar com 40 e poucos anos, usava um uniforme de enfermeira e tinha acabado de tirar o rastreador do meu braço. Eu a encarava sem entender nada.

— Vou colocar isso aqui debaixo da sua língua — disse.

Ela ergueu o objeto para que eu o visse: um rastreador novo, correspondente ao aparelho novo que enfiava na minha mão. Tinha fechado a cortina em volta do meu leito. Deixou o aparelho dela encostado no meu por um ou dois segundos, até que eles brilhassem num padrão ligeiro e coordenado. Fiquei olhando aquelas luzes...

4

... e estávamos em outro ambiente, em outro lugar.

Eu estava deitado de costas no assoalho de madeira, em um quarto, no que me parecia ser uma casa antiquada. Meu braço sangrava; num reflexo, segurei-o contra o peito. O sol entrava por uma janela. Eu me sentei. Havia um papel de parede com rosas, móveis de madeira, e pelo vão da porta vi um cômodo com chuveiro e vaso sanitário.

— Que lugar é este? — perguntei a Zoey.

— É uma fazenda nos arredores de Oklahoma City. Paguei uma grana alta para as donas e você pode ficar aqui para sempre, como pensionista. Estamos em 2172.

— Dois mil cento e setenta e dois — repeti. — Então daqui a vinte e três anos eu vou viajar a Oklahoma City para entrevistar o violinista.

— Isso.

— Como é que você veio para cá? Tenho certeza de que o Instituto do Tempo não aprovou sua viagem.

— Fui presa naquele dia — disse ela. — O dia em que te mandaram para Ohio. Como eu era efetivada e tinha um histórico excelente, não fiquei perdida no tempo, mas passei um ano na cadeia e depois imigrei para as Colônias Distantes. O pessoal do instituto acha que eles têm a única máquina do tempo funcional que existe, mas não é verdade.

— Existe uma máquina do tempo nas Colônias Distantes? E você... simplesmente pode usar a máquina?

— Sou contratada de... uma outra organização de lá — explicou Zoey.

— Mesmo com seu histórico?

— Gaspery — disse ela —, ninguém é melhor do que eu no que faço. — Ela falou em um tom prosaico, não estava se gabando.

— Sabe de uma coisa? Eu continuo sem saber o que é que você faz.

Ela ignorou o comentário.

— Fiz desta missão uma condição para concordar em assumir o cargo nas Colônias Distantes — disse ela. — Me desculpa por não ter vindo antes. Quer dizer, em um momento anterior no tempo.

— Não tem problema. Obrigado por vir atrás de mim.

— Acho que aqui é seguro, Gaspery. Preparei toda a documentação para você. Acomode-se. Conheça seus vizinhos.

— Zoey, eu nem sei como te agradecer.

— Você faria a mesma coisa por mim. — (Estava implícito entre nós: eu *não poderia* fazer a mesma coisa por ela. Ela estava, e sempre estivera, em uma categoria diferente da minha.) — Não sei se vamos nos ver outra vez — disse Zoey.

Já tínhamos nos abraçado alguma vez? Eu não me lembrava. Ela me apertou por um instante, deu um passo para trás e sumiu.

Fiquei sozinho no ambiente, mas a palavra "sozinho" não tinha força o bastante. Eu não conhecia ninguém naquele século, e o fato de já ter passado por aquilo antes não amenizava minha solidão. Tive um instante de loucura em que me perguntei como Hazelton estaria, depois me lembrei que a essa altura meu companheiro de cela já teria morrido de velhice.

Fui até a janela, atordoado, e olhei para o mar de verde. A fazenda chegava quase ao horizonte, com uma multidão de robôs agricultores que se movimentavam devagar pelas lavouras sob o sol. Ao longe, vi as torres de Oklahoma City. O céu era de um azul estonteante.

5

As donas e administradoras da fazenda eram um casal mais velho, Clara e Mariam. Estavam na faixa dos 80 anos e tinham passado a vida inteira ali. Estavam contentes em ter um pensionista que pagava bem, disseram elas naquela primeira noite, enquanto jantávamos uma quiche e a salada mais fresca que eu comia em décadas, e não me fariam pergunta nenhuma. Respeitavam mais que tudo a privacidade.

— Obrigado — falei.

— Sua irmã nos deixou alguns documentos de identidade — disse Clara. — Certidão de nascimento e tal. Devemos chamar você pelo nome que está na papelada?

— Me chamem de Gaspery — pedi. — Por favor.

— Bom, Gaspery — disse Clara —, caso um dia precise dos seus documentos, eles estão todos no armário azul, ao lado da porta do corredor.

Não pus os pés para fora da fazenda naqueles primeiros anos, mas temia precisar fazer isso mais cedo ou mais tarde. Quando Mariam adoeceu, Clara a levou ao hospital, mas quem levaria Clara? Elas estavam chegando aos 90 anos. *Meu primeiro caso no instituto teve a ver com uma* Doppelgänger, contara Ephrem, em outra vida, inconcebível. *Segundo o melhor software de reconhecimento facial que nós temos, a mesma mulher apareceu em fotografias e vídeos de 1925 e 2093.* Sempre que me imaginava saindo da fazenda, eu imaginava câmeras de vigilância captando meu rosto e disparando alarmes através dos séculos, um agente do Instituto do Tempo chegando para investigar o caso e uma sucessão de horrores. Falei com Clara, que fez perguntas discretas a um vizinho, o qual tinha um amigo com contatos úteis, e pouco tempo depois eu estava deitado na mesa da cozinha da fazenda, passando por uma remodelagem facial a laser e recolorização da íris.

Quando o efeito do sedativo passou e me sentei, o cirurgião já tinha ido embora.

— Uísque? — perguntou Mariam.

— Por favor — respondi.

— Você está completamente diferente — constatou Clara.

Ela me deu um espelho e eu perdi o fôlego.

Eu estava mesmo completamente diferente. Mas reconhecia meu rosto.

6

Nesse mesmo mês, achei o violino. Era muito antigo e estava em uma caixa bem no fundo do armário do corredor: Mariam não tocava havia anos. Clara providenciou aulas com uma vizinha.

— Ela usa o nome Lina — disse Clara no trajeto. — Tocou violino a vida inteira, pelo que entendi. Veio para cá do mesmo jeito que você, se é que me compreende.

Lancei um olhar para ela. Clara completaria 92 anos naquele ano, mas ainda tinha o perfil de uma mulher forte. Os olhos eram insondáveis.

— Eu não fazia ideia — declarei.

Deve ter soado um quê de reprovação nisso, pois Clara fixou o olhar calmo em mim durante um ou dois segundos.

— Você sabe que acredito na privacidade — disse ela. — E ela também, ao que parece. Faz trinta anos que mal sai da fazenda.

Paramos em frente à fazenda vizinha — uma monstruosidade cubista cinza que poderia servir de hotel —, e eu estava pensando nas palavras de Zoey ao me deixar ali, quatro anos atrás — *Acomode-se. Conheça seus vizinhos* —, e me perguntando por que nunca fora realmente capaz de entender nada do que ela dizia. Desci da caminhonete e me vi debaixo do sol forte.

A porta da frente se abriu, e a mulher que apareceu ali tinha mais ou menos a minha idade, 60 e poucos anos.

— Bom dia, Gaspery — disse Talia.

7

— Sua irmã provavelmente me tirou bem a tempo — contou Talia. — Certa noite, ela foi até o hotel, deve ter sido logo depois que saiu da cadeia, e me disse que a polícia tinha aberto uma ficha minha, alguma coisa a ver com disseminação de informações sigilosas.

— Bom, para ser justo, você tinha mesmo o costume de disseminar informações sigilosas. — Estávamos sentados na varanda da fazenda em que ela morava, os violinos entre nós.

— Eu era imprudente. Provocava o destino, imagino. Zoey disse que estava para se mudar para as Colônias Distantes e insistiu que eu fosse com ela, mas as Colônias Distantes têm tratado de extradição com a Lua, então ela sugeriu que, quando chegássemos lá, talvez fosse melhor que aquele não fosse meu destino final.

— E isso foi há trinta anos?

— Vinte e seis.

Ao olhar para ela, eu percebia aquele quarto de século que tinha vivido na fazenda. Talia tinha a pele mais escura por causa do sol, além de um ar pacato.

— Como elas são? — perguntei. — As Colônias Distantes?

— São lindas — disse Talia —, mas eu não gostava de viver debaixo da terra.

8

Um ano depois já estávamos casados, Talia e eu, e, quando Clara e Mariam faleceram, herdamos a fazenda.

Isso, me vi pensando nos anos seguintes, nas noites em que eu e minha esposa tocávamos violino juntos, em que cozinhávamos juntos, em que caminhávamos pelas nossas lavouras observando a movimentação dos robôs agricultores, em que ficávamos sentados na varanda vendo os dirigíveis subindo feito vaga-lumes no horizonte acima de Oklahoma City, isso é o que o Instituto do Tempo nunca entendeu: se surgir uma prova definitiva de que estamos vivendo em uma simulação, a resposta correta para a novidade será *E daí?*. Uma vida vivida em uma simulação ainda é vida.

9

Uma contagem regressiva tinha sido iniciada. Eu a sentia no fundo de todos os meus dias. Em breve, eu sabia, me mudaria para Oklahoma City. Estava programado que até 2195 eu começaria a tocar violino no terminal de dirigíveis. Eu sabia, porque me lembrava da entrevista, que antes disso minha esposa faleceria.

10

Sossegada,
　　durante a noite,
　　de aneurisma,
　　aos 75 anos.

11

Depois da morte de Talia, houve um período em que toda noite eu ficava sentado sozinho na varanda, observando os dirigíveis sobrevoando a cidade distante. Meu cachorro, Odie, ficava deitado a meu lado, a cabeça apoiada nas patas. A princípio achei que estava adiando minha mudança para a cidade por amar a fazenda, mas certa noite entendi: eu *ansiava* por aquelas luzes. Depois daquele tempo todo, queria estar de novo em meio às pessoas.

— Vou te levar comigo — anunciei a Odie, que abanou o rabo.

12

O que alguém — qualquer um! — no Instituto do Tempo deveria ter sacado, dada a inteligência que todos lá supostamente tinham, era que eu era a anomalia. Não, não é justo dizer isso. Eu *desencadeava* a anomalia. Como ninguém percebeu que eu estava entrevistando a mim mesmo? Porque, graças à documentação que Zoey havia elaborado, no papel meu nome era Alan Sami e eu tinha nascido e passado a vida toda em uma fazenda nos arredores de Oklahoma City.

Vi a anomalia do terminal de dirigíveis. Em um dia de outubro de 2195, eu estava tocando violino, o cachorro a meu lado, e notei duas pessoas quase ao mesmo tempo.

Olive Llewellyn andava pelo corredor, arrastando sua mala prateada. Não reparou no homem que vinha na minha direção, alguns metros à frente dela, mas eu reparei. O homem tinha acabado de sair do armário onde ficava o material de limpeza.

Enquanto o homem se aproximava de mim, cruzando o caminho de Olive Llewellyn, o ar pareceu ondular no encalço dele. Ele não percebeu, porque estava concentrado em mim e porque estava meio ansioso; esta era, afinal, a primeira entrevista dele para o Instituto do Tempo.

Continuei a tocar, agora suando, me agarrando desesperadamente à canção de ninar que tinha feito para Talia. A ondulação se intensificou: o software, se essa era a palavra para aquilo, o motor inescrutável qualquer que fosse que mantinha nosso mundo intacto, se esforçava para se adaptar à possibilidade de nós dois estarmos ali. Mas não era apenas o fato de que a mesma pessoa estava no mesmo lugar duas vezes: o motor, a inteligência, o software, o que quer que fosse, havia detectado um terceiro Gaspery em outro lugar do tempo e do espaço, na floresta de Caiette, e agora as coisas estavam desmoronando de verdade: este momento era corrompido, mas também *aquele lugar*, o canto da floresta onde, em 1912, Edwin St. Andrew tinha erguido os olhos para os galhos, onde em 1994 eu havia me escondido atrás das samambaias e observado Vincent Smith. Havia uma onda estranha de escuridão atrás do homem que se aproximava, a luz se afastando. Olive Llewellyn parou como se fulminada. Eu me vi ajoelhado em 1994, e Edwin St. Andrew exatamente no mesmo lugar — estávamos sobrepostos —, e ali perto estava Vincent Smith, 13 anos de idade, com uma câmera na mão.

Um dirigível ascendeu no porto vizinho, fazendo aquele *ushhh* inconfundível, e os espectros sumiram. O tempo voltou a passar com suavidade. O arquivo corrompido estava se corrigindo, os fios da simulação se costurando no espaço ao nosso redor, e Gaspery-Jacques Roberts, minha versão mais jovem, novo recruta e investigador dolorosamente inepto do Instituto do Tempo, não havia percebido nada. Tudo havia se desenrolado às costas dele. Ele chegou a virar a cabeça para trás, mas — me lembrei do momento — creditara aos nervos a sensação acachapante de que havia algo errado.

Fechei os olhos. Esse tempo todo, tinha sido eu. Vincent e Edwin tinham visto a anomalia porque eu estava com eles na floresta. Eu provavelmente não estava perto o suficiente de Edwin para vê-la com meus próprios olhos naquela primeira vez em 1912. Terminei a canção de ninar e ouvi o aplauso de Gaspery.

Ele estava parado na minha frente, aplaudindo sem jeito. Fiquei tão constrangido por ele — por mim? Por nós? — que foi difícil olhá-lo nos olhos, mas por fim consegui. Fiquei contente por meu cachorro ter dormido durante a incompetência da minha versão mais jovem.

— Olá — disse ele com entusiasmo, com um sotaque chocante de tão imperfeito. — Meu nome é Gaspery-Jacques Roberts. Estou fazendo uma pesquisa para um historiador da música e queria saber se posso convidar o senhor para almoçar.

13

— Como eu descreveria minha vida? — repeti, procrastinando. — Bom, filho, essa é uma pergunta grandiosa. Não sei o que posso te contar.

— Quem sabe o senhor não me conta um pouco de como são seus dias. Caso não se importe. Ainda não liguei o gravador, aliás. A gente está só batendo papo.

Assenti. Eu o manteria na corda bamba. Citaria Shakespeare porque sabia que ele ainda não conhecia nada de Shakespeare. Eu o chamaria de "filho" porque ele detestava ser chamado de filho, e a irritação o distrairia. Falaria da minha falecida esposa porque ele tinha vergonha de seu casamento fracassado. Eu o deixaria inseguro quanto ao sotaque, pois sotaques e dialetos tinham sido as maiores dificuldades dele durante o treinamento. Mas primeiro o acalentaria com a placidez da minha vida.

— Bom — comecei —, eu fico lá algumas horas por dia, tocando violino, enquanto meu cachorro cochila a meus pés, e o pessoal que está indo para o trabalho passa correndo e me joga uns trocados. Eles se movem com uma velocidade desumana, os trabalhadores. Demorei um tempo para me acostumar.

— O senhor é das redondezas? — indagou o pesquisador.

— De uma fazenda perto da cidade. Morei lá a vida inteira. Mas escuta, filho, quando assumi a fazenda, a lavoura em pequena escala já era basicamente uma questão de observação. Você observa os robôs se deslocando pelos campos. Mexe nas configurações de vez em quando, mas eles são bem-feitos, geralmente se ajustam sozinhos, não precisam muito da gente. Você toca violino na lavoura só para ter o que fazer. Ao longe, os dirigíveis sobem com a velocidade de vaga-lumes, mas de perto são mais ligeiros.

Quando tocava violino no terminal de dirigíveis, eu às vezes pensava que era como se os dirigíveis estivessem caindo para cima, a gravidade invertida. Eles eram tomados por uma carga de trabalhadores inexpressivos, depois caíam em direção ao céu. Às vezes as pessoas me olhavam ao passar, atiravam moedas no meu chapéu. Eu observava enquanto elas entravam em seus dirigíveis de manhã cedinho, a caminho dos respectivos trabalhos em Los Angeles, Nairóbi, Edimburgo, Pequim. Pensava na alma dessas pessoas se movimentando depressa no céu da manhã.

— Quando minha esposa faleceu — contei ao pesquisador —, continuei na fazenda por mais um ano e depois pensei: que se dane.

Ele assentia, fingia interesse, tentava controlar os nervos, tentava se convencer de que estava fazendo um bom trabalho. O que eu não lhe contei: que tinha a sensação de que, sem Talia, poderia desaparecer no ar, sozinho ali. Só eu e o cachorro e os robôs agricultores, dia após dia. A palavra *solidão* não expressava nem de longe o que eu sentia. Todo aquele espaço vazio. À noite, eu me sentava na varanda com Odie, evitando o silêncio da casa, fazendo aquele jogo que as crianças fazem, em que você olha para a lua de olhos semicerrados e meio que se convence de que consegue enxergar os pontos mais claros das colônias na superfície. A distância, depois das lavouras, as luzes da cidade.

— Tudo bem se eu ligar o gravador? — perguntou o pesquisador.

— Vá em frente.

— Pronto, está ligado. Obrigado por tirar um tempo para conversar comigo.

— Não é nada. Eu é que agradeço pelo convite para almoçar.

— Agora, só para constar na minha gravação, o senhor é violinista, certo? — disse minha versão mais nova.

Segui o roteiro.

— Sou — confirmei. — Toco no terminal de dirigíveis.

Quando não estava tocando violino no terminal de dirigíveis, eu gostava de passear com Odie nas ruas entre as torres. Nessas ruas, todos andavam mais rápido do que eu, mas o que eles não sabiam é que eu já tinha andado rápido demais, ido longe demais, e não queria mais ir além. Ultimamente, tenho pensado muito sobre tempo e movimento, sobre ser um ponto imóvel na agitação incessante.

Notas e agradecimentos

A citação na p. 78, "A vida é incrível se você não afrouxar", é do romance *Mr. Standfast*, lançado por John Buchan em 1919.

O comentário espirituoso na p. 101 sobre a colheita obrigatória — "Nunca são sementes boas" — é uma paráfrase de algo que o poeta americano Kay Ryan me disse quando participamos de um festival literário, em 2015.

A citação, no mesmo capítulo, do soldado e historiador romano Amiano Marcelino, do século IV, sobre a peste antonina, é do Livro XXIII de seus escritos, que são fascinantes e estão disponíveis on-line.

Devo muito aos livros *Voyages of the Columbia* (organizado por Frederic W. Howay) e *Scoundrels, Dreamers and Second Sons: British Remittance Men in the Canadian West*, de Mark Zuehlke.

Agradeço à minha agente, Katherine Fausset, e a seus colegas da Curtis Brown; aos meus editores — Jennifer Jackson, da Knopf, em Nova York, Sophie Jonathan, da Picador, em

Londres, e Jennifer Lambert, da HarperCollins Canada, em Toronto — e a seus colegas; à minha agente no Reino Unido, Anna Webber, e a seus colegas da United Agents; a Kevin Mandel, Rachel Fershleiser e Semi Chellas, por terem lido e comentado meus primeiros rascunhos deste manuscrito; e a Michelle Jones, babá da minha filha, por ter cuidado dela enquanto eu escrevia este livro.

- intrinseca.com.br
- @intrinseca
- editoraintrinseca
- @intrinseca
- @editoraintrinseca
- intrinsecaeditora

1ª edição	JANEIRO DE 2025
impressão	BARTIRA
papel de miolo	IVORY BULK 65G G/M²
papel de capa	CARTÃO SUPREMO ALTA ALVURA 250 G/M²
tipografia	SABON LT STD